JN078091

転生少女は貧乏領地で当主になります！
～のんびりライフを目指して領地改革していたら、愛され領主になりました～

衣 裕生

目次

ラシュレー王国の第二王子
エルエスト・ラシュレー
貴族の女の子にいい思い出がなく
毛嫌いしていたが、
レティシアの貴族らしからぬ行動
にどんどん惹かれていく。

頑張り屋な転生少女
レティシア・ルコント
恋愛小説の悪役令嬢に転生した
前世の記憶を持つ少女。
断罪ルートに突き進んでいること
に気づき、フラグを折るため
伯爵家を継ぐことに。

転生少女は貧乏領地で当主になります!
～のんびりライフを目指して
領地改革していたら、愛され領主になりました～

母性あふれる侍女

リズ・ワンゼン

普段は気丈なレティシアが
時折見せる少女らしい一面に母性
が爆発し、王宮侍女からルコント家
の侍女になることを決意。

ルコント領の農民

マイク

当初は幼いレティシアの話しに
聞く耳を持たなかったが、
懸命に働く姿に心打たれ
良き理解者となる。

ラシュレー王国の第一王子

ハリー・ラシュレー

異母弟のエルエストとの
関係は良好で、
恋に不器用なエルエストを
応援している。

レティシアの叔父・男爵

ヤニク・ワトー

レティシアの両親が
残した財産やルコトン領を
自分のものにしようと
企んでいる。

恋愛小説の本来のヒロイン

マルルーナ・エバンス

見た目は可憐な少女。
レティシアが展開を変えたことで、
思い通りの展開にならず本性を
露わにする。

プロローグ

松田(まつだ)このみは、目の前で唾(つば)を飛ばして叫んでいる男を、呆けた顔で見ていた。

ふと、思い出す。自分が、さっきまで父の突然の失踪で泣いていたレティシア・ルコントだと。

五歳の時にレティシアの母は若い男と駆け落ち。そして、今また父までもが隣国の貴族女性と恋仲になり、領地も何もかも放りだして愛の逃避行へ。

親に置き去りにされた悲しみのレティシアに、ペンを振りまわし真っ赤な顔で怒鳴っているのは、叔父のヤニク・ワトー男爵だ。彼は父の弟で、自分をレティシアの後見人に任命しろと、父を失い泣いているレティシアに、脅しをかけている真っ最中。

「いいからここにお前のサインを書け‼」

この国では九歳を過ぎると後見人は不要で自分の身の振り方を決められる。

つまり、父のロジェ・ルコント伯爵の全財産がレティシア・ルコントへと相続されたのだ。

自分が九歳で本当に良かった。でないと、今頃は問答無用で、この傲慢(ごうまん)な叔父がレティシアの後見人となり、全(すべ)てを奪われていただろう。

急に泣き止み冷静になったレティシアにヤニクは、さらに勢いをつけ顔を近付けて罵(ののし)る。

「お前のような役立たずな子供が、ルコント家の領地を運営できるわけがないだろう。たった一人でどうするんだ⁉」

（ああ、本当に唾が臭いわ）

レティシアは眉をひそめて叔父と名乗る男を見た。

（ホント嫌だ。お父様より五歳も若いというのに、デップリ太って手も洗っていないのか、爪の中も汚れている）

レティシア自身も、前世は人のことなど言えたもんじゃないほど、汚れた部屋に住んでいた。

だけど、自分のことは『棚にあげる主義』である。


松田このみ、二十七歳。根っからの社畜。店舗開業支援会社勤務。

クライアントのニーズに合わせた立地から店舗、改装、商品構成、開店準備、オープンまで手配する会社で常にトップの成績を独走。

手掛けた店舗は花屋、雑貨屋、ペンション、カラオケ、レストラン等々。

彼女がプロデュースした店は好調な売り上げを見せ、クライアントからは絶大な信頼を得ていた。

「松田課長、坂下（さかした）様から内装の壁紙を変更したいとお電話があり、十五時に来店したいとのことですが……」

「じゃあ、十五時にショールームにご案内できるように予約を入れておいて」

会社では完璧主義者。しかし、その実態は家に帰れば、穴の開いたトレーナーに、髪は無造作にゴムで一つに括る。

そのトレーナーもここ二週間、洗ってない。そんなことなど日常茶飯事で、食事も基本はインスタントラーメン。

万年床の布団に倒れるように眠り、土日も資料作りを趣味としている。

クールビューティと思われていたが、ものは言いようだ。単に表情筋を動かすのも面倒だっただけなのだ。仕事以外は全てが面倒臭がりなので、恋愛なんぞは生まれてこの方したいと思ったこともない。

そう究極の社畜プラス干物女。既にカラカラに干からびて、もう七月だというのに未だにこたつを片付けられないでいるほどだ。

あの日も缶ビールのフタを開けて、邪魔になったこたつを足で部屋の隅に追いやり、ごろんと寝っ転がった。

そこまでは覚えている。

そして、次に起きた時には臭い唾が舞っている現場だった。

「ああ、そうだわ。さっきまで本当に悲しかった。女にだらしがないけれど、優しかった父がいなくなったと聞いたところなのに……悲しむ間もなく『サインしろ』と喚き散らす叔父に泣かされて……」

ぶつぶつと呟きながら爪を噛む姪を気味悪がり、今度は優しげな声で諭すように書類を出すヤニク。

「お前一人では、生きていくこともできないんだぞ。屋敷の使用人は全て、私の屋敷で雇うことになったのだから」

微笑む叔父の顔には、勝ち誇り蔑む色が隠れず滲み出ていた。

（そうね、前世を思い出していなければ、子供のレティシアが一人で生きていくなんて無理だったわ。ふふふ、でもね。中身は大人なのよ。ああ、言ってみたい台詞‼『見た目は◯◯、頭脳は……』）

やってみたかったが、諦める。

このような緊迫した場面でやっちゃうと、『は？』とドン引きされてしまうだろう。

それにしても……とレティシアは使用人たちの顔を一人一人確認した。

皆、レティシアと目が合わないように俯くか、顔を逸らす。既に、使用人は全て買収されているようだ。

つまり、この屋敷に残ってレティシアを手伝ってくれそうな者はいないというわけだ。まあ、これは仕方ない、とレティシアは諦める。

良識ある大人なら、この先こんな子供を主人として雇われるなんて、不安しかないだろう。

一人として残らないのか……道理でヤニクが意地の悪い嗤いを浮かべているわけだ。

これはこれでいいかもと、レティシアは吹っ切った。

この機会に、お一人様を満喫できるのでは？と目を輝かせる。

先ほどまで頼りなげに泣いていた子供が、瞳に強気な光を宿したのだ。ヤニクは背筋に嫌な寒気を覚えた。

「子供が領地の管理をできると思っているのか？　遊びじゃないんだぞ!!」

再びヤニクは怒号交じりの脅迫に切り替えて、書類をレティシアの顔近くに突きつけた。

「ええ、ヤニク叔父様。領地の経営が子供のお遊びでできることではないと理解していますわ。だからこそ、私がやらなければならないと気が付きましたの」

凛とした佇まいで、ヤニクから突きつけられた書類を奪う。

「おい、こら!!　その書類を返せ」

サインを迫った用紙は二枚あった。その奪った書類には、一部金箔が貼られており、しかも現在のラシュレー王国国王の横顔が印刷されていた。でも見るのはそこではない。

そこに書かれた内容をじっと読む。

ふむふむ……。

なんじゃこれぇぇぇ？

この書類はヤニクを後見人に指名するものではない。父の財産を全て放棄し、伯爵家をヤニクに譲渡するものだ。

しかも、もう一枚にはレティシアを知らない貴族に嫁がせると書いてあるではないか‼

もしくは、王子宮で働きその給料を全てヤニクに渡すとあった。まさに、理不尽極まりない内容だった。

あまりのことに手が震えるレティシアを見て、ヤニクが訝しげに眉をひそめた。

「おまえ……まさか字を読めるのか？」

焦っているヤニクに、こっちが驚く。

「何を言っているの？　字が読めるなんてそんなの当たり前……」

ここで、レティシアの日常を思い出した。

母はいない。父も恋愛に忙しく、娘に家庭教師をつけることなく放置。

字を習っていないと、使用人から聞いた叔父は、それなら適当に騙して書類にサインをさせてしまおうと、考えていたようだ。

あれ？

レティシアが頭を抱えて悩む。

（習ってもいないのに、字が読めるぞ）

そのことに驚愕しつつ、中身は立派な大人だったので、これまでの見聞きで文字を習得していたようだ。だが、事実をここで明かすつもりはない。

さらにレティシアはもう一つ、真実に気が付いた。

あれあれ？

この書類の内容に見覚えがあった。

それもそのはず。それは、前世で読んだ小説の内容と全く同じだったのだ。

貧乏領地は草も生えない

レティシアは、前世にスマホで読んでいた小説の『王子のお気に入り男爵令嬢は甘い溺愛から逃げられない』を思い出していた。

レティシアはこの小説の中で、ヒロインに意地悪を繰り返す王子宮の侍女だ。

目の前の叔父に、領地も財産も奪われて、お金持ちの老人の妻になるか、または王子宮で侍女として働きその給料を全て渡すか、どちらかを選べと言われる。

レティシアは侍女となる方を選び、王子の住む離宮で働くが、給料全てを叔父に搾取（さくしゅ）され続けた。

そんな苦しい毎日の中で唯一の救いは、美しい第二王子を垣間見ることだけだ。

だが、第二王子がとある男爵の娘を好きになり、離宮へと連れてきたのだ。嫉妬のあまり、レティシアはヒロインの紅茶に毒を混入してしまう。しかし、その犯行の一部始終を王子に見られ、投獄からの処刑。

モブのレティシアは、ラスボスに嫉妬心を煽（あお）られただけの、悲しいまでにおバカな存在だったのだ。

なんてことだ。こんな小説に転生するなんて、心底がっかりした。

なぜなら、この小説のヒロインったら、すぐに第二王子に泣きついて解決してもらう、健気さアピールがうまいだけの女子ってところが気に食わないのだ‼

（それに比べて……レティシアが可哀想すぎるわ‼　なにも良いことのない人生じゃない‼　波瀾万丈じゃない？　レティシアが不憫……って私がレティシアだったわ）

「読んだのなら解っただろう？　おい‼　王子宮だぞ？　見初められるやもしれんのだぞ？　これがどういうことか、バカな小娘にも分かるだろう？　分かったら、さっさとそこにサインしろ‼」

　ヤニクの怒りの声に、現在の自分の立場を再認識する。

　小説の中のレティシアは字が読めずに、泣きながらサインするのよね、とレティシアが再び用紙を見る。

「小娘だと思って甘く見られたものね」

　ここから、小娘の反撃だ。

「王家からわざわざ正式な書類と用紙を取り寄せてくれた叔父様。ありがとうございます」

　笑顔のレティシアに、ヤニクが気を許した途端、用紙を取られないように、部屋に逃げ込み、鍵を掛けた。

「おい‼　何をするつもりだ⁉」

　安全な自室でゆっくりと不必要な箇所に二重線を引く。そして丁寧な文字で加筆する。

「私に後見人は必要ございませんし、ましてやルコントの領地をお譲りするつもりも、訳の分からない変人変態に嫁ぐつもりもありませんもの。だから、いらない部分はこうしてっと……」

さらに、シャーと線を引いていく。

「ここを開けろぉぉぉ‼」

どんどんとドアを叩く音が煩(うるさ)いが、焦る必要はない。

そして、余った場所に『レティシア・ルコントはルコント家の財産と爵位を継承する』と書き加えた。そして、さらにいくつかの項目を書き足しサインする。

全て書き終えたレティシアは、悠々とドアを開けた。

顔を真っ赤にしたヤニクが、レティシアの手から用紙を引ったくる。

そして書かれた内容を見て怒り狂い、その用紙を引き裂こうとしたが、使用人たちに止められた。

王家の正式な書類はナンバリングされていて、簡単に破棄はできない。重要な書類であればこそ、その用紙を紛失した経緯を伝えなければならないのだ。

ましてや、勝手に破棄するなど以(もっ)ての外(ほか)。

「くっそぉぉがぁ……」

国王の顔が描かれた用紙をグシャグシャに丸めるわけにもいかず、力一杯用紙を床に投げ捨てたが、用紙が壊れるわけもなく、ふわりと落ちただけだった。

（ふふーん。勝った）

崩れ落ちる叔父の背中に、ざまあみろとばかりに嗤いを漏らす。

その声を聞いたヤニクが、ギリギリと歯噛みしながら立ち上がり、睨み付けた。

「誰もいなくなったこの屋敷で、料理すらまともにできない子供のお前が、どう暮らすのか見ものだな‼」

そう言うと、後ろで二人の遣り取りを見ていた、伯爵家の使用人たちをじろりと見渡す。

「おい、ここに残っても給料は出ないぞ。この子供と一緒に野垂れ死ぬつもりなら残っても良いがな！」

ヤニク・ワトー男爵が屋敷から出ていくと、金魚の糞のようにぞろぞろと一列になって使用人たちがついていく。そして、本当に誰一人としてルコント伯爵家に残る使用人はいなかった。

レティシアは、誰もいない屋敷に一人になる。

最後の一人の使用人がわずか九歳の少女がポツンと佇む姿に、胸を打たれている。彼女は今涙を流しているかもしれない。だが、自分もこれから先、養っていかなくてはならない年老いた母がいる。胸に苦く残る罪悪感を圧し殺し、最後の使用人もヤニクへとついていった。

実際にはその罪悪感は不要だったのだが……。

なぜなら、レティシアは誰もいなくなった解放感と、すぐにでもこの窮屈な服を脱ぎ捨てられる喜びに打ち震えていたのだから。

まずは……王家に提出する書類を拾い、何度も確認。バカな叔父に殺されないように……そして、奪われないように。

そして、次に以前父が、万が一の時に使えと言っていた物を探す。

父の部屋の引き出しを開けると、簡単に見つかった。それは、『繰上移譲に関する委任状』。

世襲制の爵位を、生前に譲ると書かれたものだ。これにより、爵位の生前移譲が認められる。

「こんなにも、用意周到にしていたなんて、お父様……愛の逃避行をする気満々だったのねえ」

部屋に飾られた父の肖像画を睨んでみたが、にへらっと締まりのない顔を向けて笑っているばかり。

そんな父の顔から視線を外すと、自分の顔が鏡に映っていた。

そこにあるのはいつもの顔だが、感慨深い。

読んでいたのが小説なので、レティシアはこういう顔だったのかと覗き込んだ。

父と母から金髪と紫の瞳を受け継いだ自分の顔。いい加減な父親だったけれど、大好きだった。自分とレティシアの髪の色が同じだと喜んでくれていたのを懐かしく感じる。

『お前は美人さんになるぞ』

父の言葉を思い出しながら、ベッドに潜り込んだ。

朝の光が直接目に当たり、のそりとベッドから起き出した。

そうだ。カーテンを開け閉めしてくれる者は、もうこの屋敷にいないのだ。

朝日を浴びたお陰で、いつもよりスッキリしている。

さあ、今日はすることが多いぞ。善は急げだと、昨日署名した書類を用意する。この書類を送れば、間違いなく爵位継承も認められるだろう。

しっかりとした封筒に用紙を入れ、封蝋を溶かし封筒に落とす。

そして、固まる前にルコント伯爵印のスタンプを押した。

これを郵便に出すついでに、数日分の食料の買い出しに行かなければならない。もう、この屋敷には侍女もいないのだから。そう思い歩きかけたがすぐに止まる。

「かーっっ‼　ドレスが長いわ‼」

誰もいないのだ。この際ドレスを脱いで下着のまま使用人の部屋に直行。

そして、そこから庭師のおじいちゃんが着ていた白いシャツと繋ぎのズボン、所謂オーバーオールを見つけてそれに着替えた。

「ふーーー。これよ。この楽な格好が最高ー！」

多少の衣服の汚れなど気にしない。それに伯爵令嬢だと思われなくても構わないと開き直る。

屋敷の庭を横切り、正門のところまで来てこのまま屋敷を留守にして出掛けても良いものか考えた。結界みたいな便利なものはないのかと、レティシアは手をひらひらと振ってみる。

しーん……。

「そりゃそうよね。そんな都合の良い話はないよね……盗られるものもないし……まあいいか」

諦めて門を出たレティシアの後ろで『フォン』と音が鳴り屋敷全体が白く光ったのだが、気が付かずそのまま町に出掛けてしまった。

初めての魔法。有り余る彼女の魔力に気が付く者はいない。


王都から馬車で二時間の、立地は良いルコント領。だが、とても小さい。

他の貴族の領地は広大な土地を有しているのに、我が領地は三十㎢。北部にはコート山があり、領地の十㎢はそのコート山で占められている。そのコート山の奥地は王家所有の山でもあり、その線引きははっきりと分かっていない。

人口はわずか八百二十人と、かなり少ない。

その山麓にある領地北部のオルネラ村には畑が所々あるが、豊かな土壌ではなく、その領民は多くが、南部のルドウィン町に固まっている。

とはいえ南部の商業地域も賑わいはなく、廃れているのが現状だ。

九歳でこの領地の領主になり、改めて領地を見ると悲惨な状況に、ため息が漏れる。

訪れた商店が立ち並ぶはずの町には賑わいはなく、閑散としていた。ここの通りは領地で一番の発展している町のはず……。

行けども行けども、道は舗装されておらず、土埃が立っている。お店は並んでいるが、どのお店もガタガタ、ボロボロ、壊れかけ。全て木造と漆喰で建てられているが、壁の漆喰などはひび割れが激しい。

王都に限らず、今の建築の主流は石やレンガで外壁を作っている。

その景色を見慣れた他所の領地の人から見れば、ここがいかに貧しい領地か、一目で分かるだろう。

その中で唯一まともな建物があった。それは一つ目のお目当ての郵便局である。

郵便局に入ると誰もいない。仕方なくカウンターにある呼び鈴を鳴らす。

チリンチリン。

奥から不機嫌そうな髭面(ひげづら)の五十代の男がチラリと見て、カウンター越しに立つが、『いらっしゃい』の言葉はない。

「こんにちは、この郵便物を出したいのですが、書留の料金はいくらですか？」

レティシアの質問に、髭面おやじは一言も喋(しゃべ)らず、壁を親指で差す。

振り向くとそこに料金が書かれた古い紙が壁に貼られていた。

「ああ、ではこの大きさだと……四百レニーですね」

レティシアがお金を置くと、髭面おやじは頷(うなず)いてお金をポケットに入れる。

そして、領収書代わりの紙に判子をついてレティシアに渡し、そのまま書簡を横にあった袋に放り投げた。

「……えーっと……」

(これで終わり?)

きちんと配達してくれるのか不安になる。

「あの……これで配達してくれるんですよね?　……王都に届けてもらえるんですよね?」

レティシアが二度も聞いたのが気にくわないようで、髭面が眉に皺を寄せて睨む。

「はいはい、分かりました。では、よろしくお願いします」

レティシアは些か不安が残るものの、書留料金を支払った領収書を持って出た。

気を取り直して、パン屋に行く。

パン屋の店内はレティシア以外に客はいない。パンが並べられているはずの商品棚もほとんど空っぽだった。

まだお昼だというのに、売り切れたのか?

首を傾げながらも、残っていたパンを買うが、ここでもパン屋の若い店員は不愛想で一言も話さない。

その次に行ったハム屋も、店の品揃えも店主の態度も同じだった。ここの領民は、言葉を発するとお金が消費されると考えているのか、または笑い方を忘れたのか。

レティシアはあまりの接客の悪さに、頭を抱えての帰路となった。

商店からの帰路。行き道の元気はどこへやら。レティシアは俯きながら歩いていた。

問題が山積みだ。これも父であるロジェ・ルコント伯爵の経営能力がゼロだったせいだ。

この誰もいない屋敷で、まったり過ごそうと思っていたが、そうはいかない。

なぜならば、この領地はすぐに破綻するからだ。そうなれば、その責任を私がとらざるを得ない。

(くううう。お父様……愛の逃避行ではなく、逃げたな。可愛い一人娘を捨てて、何を一人で恋愛を楽しんでいるのだ‼)

埃っぽい道をトボトボ歩きながら、拳ほどの石を拾う。そして思いの丈を込めて力一杯投げた。

「お父様の……あほたれぇぇ‼」

思いっきり投げても誰にも当たらない。

人がいないのだ。すなわち経済が回らず、税収も少ない。

知らない間に没落寸前の泥舟領地になっていたらしい……だけどこんな誰もいない領地だから盗賊も出ない。うふ、治安はいいじゃない。

レティシア渾身のポジティブシンキング。

だがすぐに、虚しさに肩が下がりきった。つまりは盗賊さえ見向きもしない領地なのだ。

屋敷に帰り着き、門をくぐると違和感を覚えた。

もう一度外に出る。中に入る。で、外に出る。そして、首を捻る。さらに小石を拾い屋敷に向かって投げると……、なんと弾かれた。

「凄いわ……この屋敷ったら防御魔法付きだったのね」

レティシアは、自分で魔法を掛けたとは露も思わず、屋敷に入った。

父の書斎でこの領地に関する帳簿や書類を探し回ること三時間……。

「ぬおおお！　まったり過ごすつもりが貧乏すぎて……。こんな赤字経営の領地じゃ無理ぃぃ」

持っていた報告書をバサッと放り投げて、床に寝転んだ。

汚いとかマナーとか誰にも言われないのはありがたいが、この危機的状況は嬉しくない。

「……お腹すいた」

むっくり起き上がり、リビングに置いたパンを取りだし、ソファーにごろんと寝そべりながら食べる。行儀が悪いと怒る人もいないのがありがたい。

「このパン、パッサパサ……。味がない……。美味しくない」

ソファーに座り直し、じっとパンを見た。

「この領地、詰んでるわ」

まったり生活どころか、寝てもいられないほどの窮地に、早急に動かないと大変なことになるのでは？と社畜精神が蘇る。

レティシアは立ち上がり、叫ぶ。

「改革‼　しかも先に意識改革が必要だわ」

でも、なんにせよ、まずレティシアが領主として認められたという、証しが届かなければ何もできない。

つまりはそれまで……。

「ゆっくりしようっと‼」

食事を再開し、資料に目を通しだした。

その後、部屋を見回し一番にすべき改善点を探る。まずは、ここで生活をする上での居心地の悪さを、なんとかしたいと考えていた。とにかく、屋敷が広すぎるのだ。

由緒ある伯爵の屋敷ならば、お城のような屋敷も存在する。それに比べるとかなり狭い方なのだが、レティシアが一人で暮らすには広すぎて居心地が悪い。

玄関を入って、右に四十畳のリビング、廊下を挟んで食堂が三十畳。

さらに食堂の奥には調理場。食物庫、使用人の部屋が四部屋。

二階も主人の部屋や書斎、子供部屋に客室。執事執務室などもある。つまり部屋が多数あるのだ。

レティシアは二階にあった自分の子供部屋からベッドマットを引きずりながら、階段から落とす。そして一階の食堂に運ぶ。同様に、リビングのソファーとローテーブルも食堂へ。ここで、たった一人で食べるには大きすぎて邪魔になったダイニングテーブルと椅子は物置小屋と化したリビングへ移動した。

「ふふふ、これぞ快適ワンルームよ‼」

食堂に全てを詰め込み、極力動かなくてすむように一つの部屋に集約するのだ。

合理的だわ。しかも……。

一人暮らしなら憧れる、広々ワンルームの出来上がりだ。

「快適……板張りの上にふかふか絨毯を敷いて、どこでも寝られるし、もちろんソファーでも、ベッドでも」

前世でできなかった、のんきにごろごろ三昧をしたかった。

だが、食料確保が先決である。そのために花壇を潰して畑を作った。いくらお花が咲いていても、見ているだけではお腹は膨らまないと割り切って鍬を振るう。

他には厩舎の馬に餌や水を運んだり、父が残した帳簿を見たり領地の特産物を考えたりしていると、毎日は忙しく過ぎていった。

ある日、郵便受けではなく、敷地の中にペッと捨てられるように届けられた手紙を見つける。

慌てて拾いに行くと、それは王様の横顔が印刷された封筒だった。

伸びすぎた雑草の上に落ちたから良かったが、泥の中に落ちていたら、一大事だ。

「全くもう‼　郵便物もまともに届けられないのかしら……」

げんなりしながら屋敷に入る。

そして自室……ワンルームと化した食堂に入り封を切る。封筒には、待ちに待った『繰上勅書』が入っていた。

これで爵位の生前移譲が認められたことになり、無事に父ロジェ・ルコントから娘であるレティシア・ルコントへ爵位継承が成立となった。

レティシアはただの貴族のお嬢様ではなく、レティシア・ルコント伯爵となったのだ。

普通ならば九歳の少女への爵位引き継ぎは、無理がある。

王家に申請が届いた時点で、協力する親戚や使用人がいる場合は許可されることもある。そういった場合、協力者が適切に領地を経営できているか役人が視察を行い、問題ないと判断された時点で、ようやく繰上勅書が発行されるのだ。

だが、レティシアに協力してくれる親戚はいない。では、なぜレティシアの手元に『繰上勅書』が届けられたのか。

それは数々のミラクルが起こったからだ。

現在王宮は、役員の人手不足により猫の手も借りたいくらいに忙しい。そんな時、年に二度の決算日と重なり、その最中にレティシアの書類が紛れ込んだ。しかもよくある爵位の引き継ぎだと確かめられることなくサインされ、次の課へ。

あれよあれよで、国王の机上へ。

そして、重要書類ではない方の箱に入れられ、またもやあっさりサイン。

このようにして、前代未聞の後ろ楯なしの少女伯爵が出来上がったというわけだ。

「よしよし、これで第一歩を踏み出したわ」


そして、人生初の領地の視察巡りを行う。

以前は屋敷に近い町に出掛けたが、今日は隅々まで見て回ろうと考えていた。

それには馬が便利なのだが、レティシアは馬に乗れない。

じっくりと見て回ると、歩いてだと一日じゃ回れないし……。

毎日、餌をあげているお陰か、とても懐いてくれている。だが、馬の背中までは高すぎる。

鞍はあるが重いし届かないし……つまり一人では、鞍すら馬の背中に乗せられない。

「ねえ、しゃがんでくれない？」

試しに馬に頼んでみる。

「ヒヒン？」

うん、無理よね。

そんな都合の良いことが起こるわけがなかった。馬はのんびり草を食(は)んで、尻尾をパタパタ。

徒歩か……。

狭い領地で助かった。朝早く出掛け、北部のオルネラ村に向かったのだが、子供の足でテクテクとコート山の麓まで歩くと、休憩を挟んで二時間かかった。

大人だったら早歩きで、一時間で着いただろう。否、子供でも二時間はかかりすぎじゃないか？　それはレティシアの体力不足のせいだ。

これからはもう少し、運動をしないと……車もないし、自転車もないこの生活で頼れるのは自分の足だけ。

なんとか辿り着き見渡すと、荒れ果てた土地が広がっていた。

乾く大地。ひび割れた土地を潤す川も無い。全てが薄茶色というモノトーンな村を歩いた。そして、そのまま道沿いに進み、コート山に入る。

一度山に入れば、そこは緑が生い茂り、マイナスイオンに満ち溢れた潤いの世界。

途中、かなり登ったところで、ウワワワォンとギターの弦が切れたような音がした。見ると世にも美しい鳥がいる。都会にはない景色は見飽きることがない。

山道を曲がる度に、大小様々な滝があり、心が癒された。その滝から流れる川に手を浸せば、冷たくて気持ちがいい。喉を潤すために手で水を掬い、飲む。

「おいしーーーい!!」

続けて飲む。飲む。飲む。

（あれ……？　この水はルコントの領地に流れているはずなのに、どうして一滴も流れてきてないの？）

この水が領地に流れてきてくれていたら、畑も潤うじゃない。

疑問に思ったレティシアは、今度は川を辿って下山することにした。だが、どうしたことか麓近くで、急に地下に吸い込まれるように川が消えたのだ。

「なんで？」

大事な水が地下に？

消えていく先を見ようと川辺に下りた。

（スカートじゃなくて良かったぁ。長めのスカートなんてはいてたら、今頃ドロドロよね）

ここでオーバーオールを選んだ自分の正当性を、声を大にして言いたい。

お嬢様とか関係なく、山歩きはズボンをはかないといけないのである、と一人でうんうんと納得の頷き。

川辺に下りると、間違いなく人工的に作られたトンネルに水が大量に流れ落ちていく。

「うううむ……。誰だ‼　大事な水を地下に流した奴は‼」

トンネルに叫んだとて、誰も答えない。

誰がしたか分からないが、川を暗渠にしたせいで、土地に必要な水が行き渡らなくなったのだ。これは由々しき問題にぶち当たった。

レティシアはしばらくそこで、流れていく川の水を呆然と見送っていたが、立ち上がり解決に向けて考えることにした。

朝通った荒れた大地をもう一度見る。そして、この大地に水が流れて潤う畑を想像した。そこには一面の麦畑があり、たわわに実った穂が風に揺れている。

「よし‼　ここを一面の畑に生まれ変わらせるわ」

レティシアの叫びは、乾いた大地に消えていった。


意気揚々と夕方屋敷に戻ったレティシアは、川の行く先を探すために、まずは屋敷にある土地に関する報告書を捜した。

父の書斎の奥に古い箱があり、その中にようやくお目当ての一つ目が見つかる。

それはいつのものか分からない、古い時代の領主の日記だった。

ペラペラと日記を捲る。

文字は薄くなっているが、しっかりと読めた。

『可愛いアンソニーが川で溺れて、もう少しで命を落とすところだった』

その一文のあと、自分にとって息子のアンソニーがいかに大事かを延々と書いている。

どうやら、アンソニー君はこの男性が年老いて初めてできた息子だったようだ。さらに読み進めていく。

『あの一件からアンソニーは水を怖がるようになった。可哀想に……。父である私がなんとかしてやらねば』

（あら、なんか嫌な予感がするわ）

レティシアは焦る気持ちを抑えてページを捲る。

『アンソニーが怖がらないように、川を地下に流す工事を始めた』

（やっぱりかぁぁぁぁ!! アンソニー君のために暗渠にしたのか……）

だが、日記の次のページにはそこから畑に流す工夫が書いてあった。

『畑に流すようにした水路には蓋を命じた。これでアンソニーも安心して領地を回ることができるだろう。アンソニーの気分転換に、領地の北西の要塞を別荘に作り替えて、夏には旅行に行こう。きっと楽しいだろう……』

（親バカなんだ。壮大な親バカなんだ。川に柵とかじゃダメだったのか？ これって凄い費用のかかった工事だよね？ しかも、要塞を別荘にって……そのお金を今の私にください〜）

レティシアが何代前か分からないご先祖様にお願いをしてみたところで、くれるわけもない。

地下に流した水は、本来ならばルコントの領地の隅々に行き渡っていたはずだが、きっと水路は崩れてしまったのだろう。

そして、誰も知らない地下水道を通って海に流れているのだ。

もったいない……。

レティシアは屋敷をひっくり返して捜索したが、その当時の地下水路の地図はなかった。地図がないなら他の案として、山の麓で見つけたトンネルを潜っていき探索するという方法を思い付いたが、崩れて生き埋めになる可能性に気付き、ブルッと震える。

（トンネル捜索は断念しよう。暗いのも怖いし）

なので、水路の捜索は昔のことをよく知っている人に聞いてみることにした。


次の朝。

領地で唯一の教会に向かう。

ここのトロウエン聖司教様は、七十歳。彼なら古い話を知っているかもしれない。

町外れに建つ教会は、町の商店同様に木造でできている。どこもかしこも経年劣化が激しく、特に白いペンキは剥げているところの方が多いくらいである。

親が信仰心の無い人だったから、レティシアがここを訪れたのは、初めてだった。

「領地を立て直せたら、ここもなんとかしなければ……」

朝早かったが、教会のドアは開いている。既に司教様が朝の礼拝を行っているが、信者は誰もいなかった。

だからだろう、レティシアが入っていくと嬉しそうに礼拝の声が、一つ大きくなった。

すぐにでも水路の行方を聞きたかったが、それはできそうにない。

にこやかな顔で説教してくれている司教様に対して、『その説教は心に染みます』という神妙な顔で聞き続けなければ、申し訳ない。

硬い木の椅子に腰掛け、司教様のありがたいお言葉を聞いて、終わるのを待った。

久しぶりの信者に、司教様の熱弁が続く。レティシアもその熱量に応えたいが、昨日の疲れもあって、眠くなる一方だ。下がる瞼に力を入れ、足をつねっては眠気と戦い続けた。

司教様の言葉が途切れる。ようやくその戦いに終止符が打たれたのだ。

司教様が奥の部屋に戻る前に、声をかけ捕まえることに成功したレティシア。

「道に迷いし我らが子よ。どうされました？」

背は高いが、痩せておられる司教様は、不躾に腕を掴んでしまったレティシアにも、優しく問いかけてくれる。

「あの、私はこの度、このルコント領の領主になった、レティシア・ルコントと申します。どうぞよろしくお願いします」

司教様は、数秒間動きを止めてレティシアを見る。その後ゆっくりと首を傾けて尋ねた。

「ロジェ・ルコント伯爵はつい先日までお元気だったと思うのですが？」

ぐっと喉が詰まった。父親が領地を顧みず、女性と逃げたなんてどう言えばいいのか。

「……いえ、父は健在で……その……」

私が戸惑っていると、ちょうど聖教会に野菜を届けに来た少年が司教様に声をかける。

「トロウエン大司教様、ロジェ・ルコント伯爵様は、女性と夜逃げなさったのですよ。町中その噂で持ちきりだったのに、ご存じなかったのですか？」

司教様はハッとして、私の顔を再び見て謝罪の言葉を口にした。

「このところ、塞ぎがちだったために外に出ることがなかったのです。あなたには辛い質問をしてしまったことを謝罪します」

司教様が深く頭を下げる。そして、少年に「いいですか、人は少しの悪意の言葉で傷つきます。あなたには人を癒す言葉を選んで話す人になってほしい」と諭していた。

ああ、この人はとても良い人だ。子供にも丁寧な言葉遣い。先日の商店の人たちの愛想の悪い態度を思い返して、ほっとした。

「いえ、私の父が仕出かしたことで、領民の皆様には多大なご迷惑をお掛けしているのです。どうぞ、気にしないでください」

「そうだよ、トロウエン大司教様が謝ることじゃないよ。ルコント伯爵の経営能力がないから、とうとうトンズラしたって、みんな言っているよ」

本当のことは胸に刺さりやすい。

真実だが、少しはオブラートに包んだ優しい言い方にできないのか？

レティシアは平常心を保ちつつ返事を考えた。

「これ、先ほども言いましたが、人を傷つける言葉を言うものではありません」

私の代わりに、少年を諌めてくれる司教様。

司教様は少年を叱ると、「すみません」とレティシアに頭を下げた。

深く頭を下げる司教様を止める。この話はあまり長引かすとレティシアの神経を削いでいきそうだ。

すぐに本題の暗渠に隠れた水路の話を切り出した。

「司教様は、この地面の下を流れる水路の話をお聞きになったことがありますか？　どの辺りを流れているかご存じないですか？」

「え⁉　地下に水があるのですか？」

ああ、これは全くご存じないようだ……。レティシアはふりだしに戻ってしまった。


司教様は、水路のことを全く知らなかった。聞けば司教様が生まれた時から、既にこの領地には川もなく、雨水とわずかな井戸水で小さな畑を守ってきたらしい。それでも、この水路のことを知っているかもしれないと、ある人物を紹介してくれた。

その人物は山の麓に小さな畑を耕している老人で、名前はマイク。

司教様より少し年上の老人は、一人で小さな畑を守っているそうだ。レティシアは一縷の望みをかけて再び徒歩で、時間を掛けてその老人に会いに行った。

遠目には、厩舎なのかと見間違うほどの簡素な造りの家。

足の疲れもなんのその、マイクの家に着いて息を整えると、すぐにノックするが返事はない。

もう一度ノックをしようかと迷っていたら、強めの警戒心を伴う低い声がした。

「誰だ？」

「あの、この度新しくルコントの領主になりましたレティシア・ルコントと申します。この土地のことで聞きたいことがあります」

「……」

返事もなけりゃ、出てくる様子もない。

「あの……」

レティシアがもう一度声をかけたところで、壊れかけのドアがバンッと開いた。

「こんな所に来る奴で、碌なもんがいた試しがない。さっさと帰れ……」

マイクはドアを開けながら、そこに立っているはずの人物に向けて喋ったのだが、誰もいなくてキョロキョロしたあと、下の方に目線を下ろし驚いている。

身長百八十ｃｍはあろうかという大きな老人マイクは、ドアの前の人物が、少女だと気が付いて絶句していた。

「あの、今度この領地を管理することになった、レティシア・ルコントと申します」

レティシアはそこまで言うと、相手の出方を待つ。

「……前は能天気なだけの領主で、今度は子供か……。もうここも終わりだな」

目を手で覆い、天を仰ぎ見たマイクの顔には、絶望という文字が浮かんでいた。

まだ何もしていないレティシアの目の前で、ドアが閉められようとしている。そこをすかさず、がっと足を入れて、マイクがドアを閉めるのを阻（はば）んだ。

「子供に用なんてないぞ」

マイクはレティシアを睨みつけはするものの、差し入れたレティシアの足を怪我させないように、少しドアを開いた。

うふふ、この人もいい人だ。

レティシアは、じっとマイクをドアの隙間から見て観察する。

この老人、眉間の皺が深くて頑固そうに見える。だが、その目は象のようにつぶらで優しげだ。それに、今もレティシアの足で閉められなくなったドアを、どうしようかと考えあぐねている。

強く怒鳴るでもなく、その顔には戸惑いしか浮かんでいない。

「私の話を聞いてください。私はずっと以前に流れていたはずの、川や水路を探しています。何かマイクさんはご存じないですか？」

今ならば、マイクにも声が届くとレティシアは一気に質問を捩（ね）じ込んだ。

「……水路か……」

マイクが、ドアノブから手を離して顎に手をやって考え込む。

この感じ、明らかに何か知っていそうだと、レティシアはじっと答えが出るのを待った。

そして、顔を上げたマイクは重要なヒントを思い出したようだった。

「大昔、わしの曾祖父に聞いたことがある。曾祖父も聞いたらしいのだが、この先にため池があり、この辺り一帯の畑は、そのため池を利用していたらしいのだ」

——やったわ。手掛かりを見つけたぁぁ。

「では、きっとため池があった場所を探せば、地下に隠れた水路も見つかります‼」

マッチの火ほどの希望の光が灯る。

（みんなで探せば絶対に見つかるわ）

「マイクさん。ため池と水路探しを手伝っていただける人を、私に紹介していただけませんか？」

レティシアのキラキラした目を見て、マイクは自分が幼い頃に父親や祖父に、水路を探そうとお願いした遠い昔のことを思い出した。その当時はマイクの意見に笑うばかりで、誰も真剣に取り合ってもくれなかった。だからだろうか、レティシアの一生懸命な姿につい、「まあ、やってみるといいさ」とぶっきらぼうだが、手を貸すことを約束してしまった。

一人の協力者に喜んだレティシアだったが、このあとマッチの火は吹けば簡単に消えることを知る。

あちらこちらの家をマイクと一緒に回ったが、どの家からも、半笑いか、胡散臭い者を見る目付きで追い払われた。

何軒も何軒もレティシアはドアを叩いて、説得しようとしたがダメだった。

どこも貧しい家ばかり。それは今までの領主がきちんと治めていないせいだ。そのせいで、どの家もレティシアが名前を告げると眉をひそめた。

だがレティシアに、前領主の無能さを直接責める人はいない。きっと、レティシアが着飾ってドレスを着ていたならば、一人くらいは子供のレティシアにも、文句を言っていただろう。

だが、貴族のレティシアが自分たちと同じように薄汚れた服を着て、訪ねてきたのだ。門前払いはしたが、誰一人として、レティシアに酷い言葉を投げつける者はいなかった。

もちろん、一緒に水路を探してくれる者もいなかったのだが……。

「俺たちはそんな暇はねえんだよ‼」

バタン。

また目の前で、ドアが閉められたところだ。

「もう、諦めろ」

マイクが水筒の水をレティシアに差し出して、ポツリと言う。

決して強く言ったわけではない。むしろ、レティシアを気遣うように言ったのだ。

「うん。そうですね。誰もあるかどうか分からない物を探す時間など、無いですよね」

俯くレティシア。

「そろそろ、日が暮れるぞ。諦めろ」

マイクは俯いたレティシアが、泣いているのではと、慰めるように頭を撫でる。

だが、レティシアはマイクの言葉を『今日は諦めろ』と解釈した。

そして、立ち直りが人より数倍早かった。

「そうですよね。まだ始まったばかりです」

満面の笑みで立ち上がると、「今日はありがとうございましたぁ」と元気良く去っていった。

ちょっと、拍子抜けしたマイクだったが、久しぶりに楽しい時間だったとレティシアを見送る。

レティシアは屋敷に帰り着くと、ソファーに座り動かない。いや、動けなくなったというのが正しいだろう。

一日中歩き回って、へとへとだ。

しかも、今から自分で料理を作るなど、できそうにない。今日も少し硬くなったパンをかじり、汲み置きした水で流し込んだ。

「はー……、料理人もいなくなったのは辛いわ。せめてハムくらい挟めば良かったかしら……

でも面倒臭い」

レティシアはソファーに寝そべりながら、棒のようになった足を揉んだ。

広い屋敷にただ一人。今日のようにうまくいかなった日は、慣れたはずの一人住まいなのにしまい込んだ寂しさが顔を覗かせる。こんな時はどうするのか？　決まっている、簡単なことだ。仕事をする、これ一択である。

そうと決まればテーブルの上に領地の地図を広げ、明日から重点的に探す場所に目星をつけるのだ。

最初は山からの川を辿ってみる。それがダメなら次の手だ。地図を改めて見ると原野になっている場所が広すぎて、一気に不安になる。

この時ふと、前世で見た地下鉱脈や水路をダウジングで探すというテレビ番組を思い出した。L字型のロッドと呼ばれる棒を持って地下にあるものを探すのだ。

これは今現在水路を探している自分にぴったりな方法ではないかと喜んだ。レティシアはすぐに屋敷の中を探し回ってダウジングに使えそうな針金を見つけ、ダウジングの知識はほとんどなかったが適当に、自分の手に合わせてL字型に折ってロッドを作る。

うん、いける‼　既に水路を見つけたような高揚感に手が震えた。これを持ってロッドがふわーと左右に開く。その下にはお宝ざくざく……ではなく水路が期待できるはず。

やはり、仕事をして良かった。いつの間にか寂しさは退場し、期待が表舞台に登場だわと、社畜根性満載の脳みそが大満足している。それとともに瞼が重くなってきたのだった。

あのあと疲れ切っていたレティシアはすぐに寝息を立ててぐっすり眠ることができた。


そして、今朝は目覚めもばっちりで、軽い朝食をすませると、庭園の隅っこにある物置小屋から大きなシャベルを引っ張りだして、パンと飲み物を持って元気に出掛ける。

今日は川が地下に流れ込んでいる所から掘り返していけば、川の行方を辿れるのではと思ったのだ。だが、木々に遮られすぐに見失う。

しかも、シャベル一つでなんて、地面を掘れないどころか突き刺さりもしない。山の地面の硬さを舐めていた。

やっぱり、マイクが言っていた『ため池』を探そうか？

山の地面の硬さと、木の根っこに邪魔されて、早くも心が折れたレティシアは、マイクの家の前を通って、昨日教えてもらった場所を目指す。

ちょうど、その姿をマイクは窓から見ていたが、声をかけることなく見送った。

「見つかるかどうか分からないんだ、すぐに諦めるだろう」

レティシアの姿が見えなくなってから、マイクは自分の畑に向かった。

マイクの家も、その他の家も、共同の井戸から水を汲んでは畑に撒いている。この重労働を何代も続けてきたのだ。

地面を掘っても水が出ないというのは、分かっている。それは、マイク自身も水源を探したが、どこにもなかったからだ。

マイクは今日も諦めたように、共同の井戸に向かう。

大地を掘る、掘る！

レティシアは乾いた大地を懸命に掘っていた。硬いが山の土よりは掘りやすい。

ある程度掘って、それらしき痕跡がなければ、次に掘り進めるという作業を延々と繰り返していた。

レティシアが空を見上げると、お日様が真上にある。

「ああ、もうお昼だ。腹ごしらえをしよう。それに喉もカラカラだし」

朝一に訪れた川の水を水筒に汲んでいたので、それをごくごくと飲む。

「ぷはー」

少し元気が出る。体に溜まっていた疲れが軽減した。

ハムを挟んだパンを食べながら、午前中に掘った所を見る。あちらこちらにレティシアが頑張った証がそのまま残っていた。

「落とし穴を掘っているみたいだわ」

ふふふ、と笑うと急にレティシアの座っている場所に大きな影ができた。

「あれ？　急に雲が広がったの？」

上を見る。

急に日陰ができた理由は予想外だった。その陰の正体はマイクだったのだ。

昨日と同じく不機嫌そうな顔だが、その手にはレティシアの背丈ほどの大きなシャベルが握られている。

「何か目標物があって掘っているのか？　それともあてずっぽうか？」

レティシアは急に質問されて、その言葉の意味を理解するまで時間が掛かり、呆然としてしまう。マイクは通りかかったのではなく手伝いに来てくれたのだ。それが分かると、レティシアは喜びのあまり喉の奥が熱くなった。

その様子にマイクは怪訝な顔をするが、機嫌を悪くしたのではなく心配していたのだ。

しかし、レティシアにマイクの表情の違いを読み取ることはできず、せっかくやる気をだして応援に来てくれたマイクが帰らないよう慌てて答える。

「水路は、きっと木で作られた木樋（もくひ）です。その痕跡を見つけて辿ればこの大地の下で流れている水を探し当てられるはずなの」

マイクはゆっくりと頷き、大きなシャベルを肩に担ぐ。そして、レティシアが元気なのを確認すると、レティシアが掘っていた付近から少し離れた場所を掘り出した。

その一回の掻（か）き出し量は、レティシアの比ではない。

ドサッ。ドサッ。すぐに土の山が出来上がる。

そして、次の場所を掘っていくのだ。ただひたすらに、黙々と。

その姿に、レティシアの疲れも吹っ飛び、負けじと土を掘り返し始めた。

再びレティシアの体力が無くなり、少し休んでいるとマイクが無造作に置かれているL字型のロッドを不思議そうに手に取り、レティシアに尋ねた。

「この、へんてこな棒は何に使う物なんだ？」

「ああーーそれっ！　すっかり忘れてたわ」

レティシアは、昨日夜遅くまでかかって作っていたロッドのことを忘れていた。そして、マイクからロッドを受け取り、得意げに棒を持って見せた。

「こうやって手に持って歩いていると、水路や鉱脈に当たると二本並んでいた棒が横に開いて場所を教えてくれるの。ね、凄いでしょ？」

興奮気味なレティシアに対し、マイクは落ち着いたままだった。そして、一言。

「しかし、今探しているのは水もなくなった水路に使っておった木樋だろう？　それにも反応してくれるのかい？」

「……」

レティシアの手からロッドが落ち、カランと乾いた音が響いた。

その日は二人で日が傾くまで地面を掘ったが、ため池の場所は分からなかった。

マイクがレティシアに声をかける。

「おい、今日はこれくらいにして、明日少し離れた場所を探そう」

『明日？』

レティシアはマイクの言葉を心で復唱。

「……それって、マイクさん。明日も一緒に探してくれるの？」

レティシアの瞳が大きく開き、マイクの返事を待っている。

「ああ、一緒に探そう」

「あ、あ、ありがとう～‼」

レティシアの感謝で見開いた瞳に、マイクの『へ』の字の口が少し上がった。

「ふっ。早く帰らんと暗くなるぞ」

（うおお、今笑ってくれたよね）

ため池は見つからなかったけれど、これだけで、もうやり遂げた気持ちになってしまった。


今日も疲れて屋敷に帰る。

そして、いつものように水と飼い桶に干し草を一杯入れて馬に与え、とぼとぼと玄関に向かう。

今日の夕食は気合が入っている。玉ねぎとハムとニンジンを入れただけのスープにパンだが、昨日よりもちゃんとしている。

明日も来てくれると言っていたマイクのことを思い出すだけで、やる気と嬉しさとニマニマと空腹が一緒くたにきて、ぱさぱさのパンがいつもより断然美味しく感じるのだった。


次の日。

やる気百倍のレティシアは、まだ、夜も明けきらないうちに目がぱっちり開いた。

ため池探しに行く前に、馬の水と食料を補充する。そして、自分のお昼ご飯も補充し屋敷を出た。

北部の荒れ地に着いた時は、もうお日様が大地を斜めに照らし出していた。

「朝一って気持ちいいのよね。始発の電車が気持ちいいのと同じかしら？」

背伸びをして、気合いを入れる。

「よしっ」と始めのショベルを地面に突き刺した。

昨日、地面を掘っていた場所を見渡し、その付近を掘っていく。

「おお、今日は随分と早いな」

マイクも早く来て作業を始める。

「マイクさん、おはようございます。今日もよろしくお願いします」

レティシアが微笑むと、「うむ」とマイクも微笑む。

「うふふ、やる気が出ますわ」

この水路探索を助けてくれるのはまだ一人だが、百人の助っ人を得た気分なのだ。

ザック、ザックと二人で再び黙々と作業をし、昨日と同じ時間にお昼休憩をとった。

全く手掛かりのない作業が続くと、二人とも無口になっていく。

まだ二日しか経っていないのに、気落ちするのは早すぎるぞと自分を叱咤するが、レティシアの疲れが思考をマイナスに引っ張ってしまう。

「よし、午後も頑張ろう」

声をかけたのはマイクの方だ。マイクが差し出した大きく節くれだった手を掴んで立ち上がるレティシア。

今日はマイクの方が前向きで、ネガティブなレティシアを元気付けてくれる。

「そう言えば、マイクさんの畑仕事はどうしたの？」

朝早くから来てくれたということは、畑仕事を後回しにしてここに来てくれたのかな？　それともその逆か。どちらにせよ申し訳なさすぎると、心苦しくなった。

レティシアがマイクを窺うように、見上げると「年寄りの朝は早い。気にするな」と笑う。

やはり、朝早くに畑仕事をすませてからここに来てくれたというのだ。

「ありがとう。でも、これ以上マイクさんにおんぶにだっこではダメなので、私、明日から、マイクさんの畑仕事を手伝いに行きます」

マイクは何かを言いかけたが、口を閉じた。

『そんなことは気にするな』と言ったところで、レティシアが手伝いに来るのは目に見えている。

それが分かっていたので、マイクはすんなりと受け入れた。

広い土地に、手掛かりになるものは、何もない。

今日も烏が『カーカー』と寝床に帰ってくる時間になった。

『じゃあ、また明日ね』とマイクとレティシアはそれぞれの家に帰った。

次の日には、約束通りマイクの畑に直行し、畑仕事を一通り手伝ってから、ため池捜索だ。

こんな日が一週間続いたある日、いつものように、マイクとレティシアが二人で大地を掘り返していると、先日レティシアを門前払いしたオルネラ村の村人が、鍬やシャベルを持って、大勢現れた。

「あんたが、諦めずに未だに水路探しをしているって聞いてな……」

大きな赤毛の男が、鍬を片手にもじもじしている。

「……それって、手伝ってくれるの？」

レティシアが嬉しそうに、皆を見回すと、それぞれが照れ臭そうに頷いた。

「本当に水路がこの中に隠れているなら、俺たちにとっちゃありがたい話だしな」

ニカッと笑う皆の顔には、この前のレティシアを怪しむ表情は皆無だ。

「さあ、おっ始めようぜ」

一斉に散らばって、ザックザックと掘り返す。

レティシアの目の前には、なんの保証もないのに自分を信じて鍬を振るう人たちがあった。

レティシアは、このルコントにいてもいいよと言われたようで嬉しかった。

ルコント領の人々とやっと繋がりができたと感じたのだ。

よし、ここからだと、レティシアは気合を入れる。

あっという間に掘り返される大地。これだけやっても、今日も見つからなかったが、人が増えた熱量は、レティシアに希望をもたらした。

以前の消えた希望はマッチ程度。現在はＬＥＤくらいに輝いている。

今日はレティシアがまだ来ていないうちから、マイクや大勢の村人が、鍬を持って水路を探していた。

誰に頼まれたわけでもないのに、お日様が地面を照らす前から、皆は集まっていた。

「あんなに小さい子供が、領主の責任を感じて、毎日毎日地面を掘っているんだ。俺たちが見てるだけって、そんな人でなしにはなりたくねえよな」

一番逞しい体をしている赤毛の男は、この北部の村をまとめているポドワン。

初めてレティシアの話を聞いた時には、貴族のお嬢様の夢物語だと思い、そんなお嬢様のお遊びに付き合うつもりもなかった。

だが、レティシアは毎日毎日、泥だらけになって地面を掘り返し、荒れた大地から水を探している。

そのうち、マイクの畑も手伝いながら、嬉しそうに共同の水汲み場にも来るようになった。

「ねえ、あんた。あのお嬢様、今日も泥だらけになって、とぼとぼと一人で帰っていったよ」

最初に気にかけるようになったのは妻のマリーだ。

「きっと明日には飽きてもう来ないぜ」

そう言っていたが、お嬢様は諦めずに大地と格闘していた。

お嬢様の綺麗だった手は、豆がつぶれているのを見た。それに真っ白だった顔も日焼けして黒くなっている。

貴族のお嬢様は、土に触りもしないと聞いたことがある。それに、庶民に直接話しかけることもしない。

レティシアの母、リマ・ルコントもその一人だ。

嫁いで来たばかりの頃、この辺りの視察に、場違いの着飾ったドレスで訪れ、村人が話しかけると、眉をひそめて『シッシ』と扇子で追い払う仕草を見せた。

あの一件で村人と、領主とその妻の間に溝ができたのは言うまでもない。それに加え、領地経営の悪化でさらに嫌われたのだ。

ポドワンがもう一つ貴族と接触したことを思い出した。

（そういえば、昔、娘にせがまれて王都の祭りに出掛けた時、うっかり娘が貴族のお嬢様のドレスに触ってしまったことがあったな）

キラキラ光るドレスがあまりにも綺麗で、つい触ってしまった娘に、貴族が『汚らわしい』と激怒したのだ。あれから娘は、二度と王都に出掛けようとは言わなくなってしまった。

確か、あの時の貴族令嬢は子爵だった。

だが、今目の前で汚れたズボンをはいて泥だらけになっているのは、さらに高位の伯爵様だ。

「あのお嬢様は遊びなんかじゃねえ。本気で俺たちのために水を探してくれてるんだ」

そう思うと胸が熱くなり、気が付いたら、村のみんなの家々のドアを叩いていた。

「あのお嬢様は、そこらの貴族令嬢とは何か違う。子供とは思えない根性と行動力があるし、それにやり遂げようとする気概が違う。だから、あのお嬢様と一緒に、水を探そう」と……。

誘ったのはポドワンだったが、村の皆はレティシアの行動を見てうずうずしていたのだ。

貴族のお嬢様らしからぬ振る舞いに、胸を打たれていたのだが、手を上げる勇気がなかった。

そこに、ポドワンのお誘いだ。それは渡りに船で、村人全てがポドワンの言葉を待ち望んでいたと言っても過言ではない。

そういうことがあって、今日も朝から地面を掘っている。

お昼になり、ポドワンの妻のマリーが、昼食を作って持ってきた。

「レティシアお嬢様」

そう呼ばれたレティシアは、シャベルを地面に突き刺したままで、手を止める。

「マリーさん、レティーでいいよ」

土埃がついた九歳のレティシアは、貴族には見えないが伯爵家を継いだ立派な貴族だ。

「畏れ多いです。レティシアお嬢様を呼び捨てにできません」

平伏せんばかりに頭を下げるマリーに、「じゃあ、せめてレティー様で」と提案した。

それで村人には「レティー様」呼びが広まった。

「では、レティー様……実は、今日、パンに野菜を挟んだ昼食を持ってきたのですが、もし良かったらお食べください」

マリーが差し出したパンには、肉はない。

だが、今レティシアが食べている食事は、これよりももっと質素なのだ。

ううう‼

人が作ってくれた食事を食べるのは、久しぶりすぎて涙が出そう、とレティシアは手が震える。

「食べてもいいの？」

喉から手が出そうだが、念のために確認する。

「どうぞ、お口に合えばいいのですが」

マリーのＧＯサインが出た。

躊躇なくパンを口に放り込む。

「うーー。マリーひゃん、おいひいでふ」

モグモグと食べるレティシア。しかもあまりの嬉しさに目に涙を滲ませて。

レティシアは食べるのに夢中で知らなかったのだが、庶民の食べ物を貴族のお嬢様が口にするのだろうかと村人が全員、興味津々で見守っていたのだ。

中には、マリーがレティシアの食事分も持ってきていると聞いた村人の一人が、「やめておけ、さすがにこんな粗末な食事を出しても、笑われるか捨てられるのがオチだぞ」と忠告した。

それには、かなりの人数が頷いていていた。

だが、結果は……。

貴族のお嬢様は涙を流して、パンを頬張っているではないか。

「俺たちが間違っていた。レティシア様は本当に俺たちに寄り添ってくださるお嬢様だ」

胸熱で目頭を押さえている村人に、全く気が付かないレティシアは、美味しそうに食べきって「ご馳走さまでした」とお腹をさすっていたのだった。

「簡単な昼食だったけど、美味しかったですか？」

マリーがおずおずと聞く。

「とっても美味しかったわ。こんな美味しい食事は久しぶりよ。ありがとう」

満面の笑みで返事をすると、他の妻たちも一斉にレティシアの笑顔にほわーと和んだ。

レティシアは一瞬にして、村人全員の心を鷲掴みにしたのだった。

「あー幸せだわ」

美味しい昼食を皆で食べる喜び。いつも一人で味気ない……いや、味気なさすぎる食事をしていたが、今日はピクニックのようだと喜んだ。

だが、今日はそれだけでは終わらなかった。

いつものように作業をしていたら、ポドワンがどこで見つけたのか、いつぞやのダウジングのロッドを拾って持っている。

「これ、何かな？　お前ら見たことある？」

そう言い、皆に聞いている。

「あっ、それはダウジングって言ってね……」とレティシアは、コインやお宝を探す道具なのだと簡単に説明した。

ポドワンは面白そうに言われた通りにロッドを持ち、うろうろと歩く。その時ポドワンの持っていたロッドが左右にふわりと開いた。

「おお‼　もしかして金貨でも落ちているのか？」

金貨と聞いた村の男たちが集まってきて、「掘ってみようぜ」と騒いでいる。

いつの時代も男性は冒険だの宝探しだのが好きなのね、とレティシア含む女性陣は生暖かい目で見ていた。

「なんだぁ、出てきたのは錆びた鉄の棒じゃないか。せめてコイン一枚でも出てくれよ」

出てきたのが鉄くずだったので、村人は「お宝なんてそこらへんに落ちているわけがないよな」と笑っていたが、レティシアだけは何か思い当たることがあり、その鉄くずを見に行った。

確かに錆びてボロボロだが、長さ二十五㎝ほどの和釘のような四角く角ばった細長い鉄の棒は見覚えがあった。これは千年以上前の日本の水路で、木樋を繋ぐための角材に打ち付けられた鉄釘にそっくりだ。ということは……。

「……あれ？　待って待って待って」

レティシアは今持っている鉄の棒を見て自分の考えを慎重にまとめた。何度考えても結論は一緒だ。あるんじゃないの？

「皆さん、もしかしたらこの辺りに水路があるかもしれません。この鉄の棒が出てきた付近を、徹底的に掘り起こしてください」

村人は半信半疑ながらも、レティシアがこれほど断言するものだから気合が入った。すると今度は加工された木の一部が出てきたのだ。

レティシアの心臓が大きく跳ねる。

「これは……木樋？」

木樋と断定するのは早いがその近くの土は、今まで掘っていた土ではない。そこには川の砂が堆積していた。

「ここは、昔に川からの水を流してため池を作っていた場所ですわ」

レティシアの言葉で、『おおおお‼』と色めき立つ人々。

夜なべして作ったダウジング道具が、ここにきて役に立ったのだ。

ポドワンがさらに近くをガッガッと掘り進めると、今度はしっかりとした木でできた水路に使ったであろう、樋が出てきた。

しかも一部分ではなく続いている。

「この木樋を辿れば、絶対に山からの水に辿り着きます‼」

年代は分からないが、木樋は水に強く、朽ちにくい木材が使われていたようだ。じっと見ると、高野槇（こうやまき）に非常によく似た木で、壊れているところを少し補修すれば今も使えそうだ。

夜なべして作ったダウジング道具が、役に立ったのだ。このため池が復活したら、是非『ダウジング池』と命名しようと密かに思うレティシアだった。

水路が見つかると、それを辿るのは容易（たやす）いことだった。男たちは勢いを増して、木樋を辿り掘り起こしていた。女性は、樋の上の蓋が壊れて、樋の中に入ってしまった土を取り除いていく。

多くの蓋はまだ現存しており、今なお木樋を守っている所も多い。

鉄釘を見つけてから二日後、川の流れの本流と、ため池に流れた支流の分岐点まで辿ってきた。

木樋を辿り、水の音を聞き付けたポドワンが一番にレティシアに知らせる。

そこは小さな林で、誰も立ち入らない場所だった。

こんな場所まで水路を作っていたということは、遥か昔はここも農地だったのではないだろうか。

そんなことを思いながら、ポドワンが呼んでいる場所に急ぐ。

レティシアと一緒に集まった村人がポドワンの掘った穴に耳を傾けると、確かに水の流れる音がするではないか‼

「おおおお‼　水が流れる音だ」

「やった‼　水だ‼」

川から直接流れていた本流も、今までは暗渠の深い地面を通ってその存在を知られることなく、そのまま領地を通過し、海に流れ込んでいた。

これが見つかったことで、この本流の水も、畑に流すことができる。

もちろん支流にも……。

ポドワンはみんなが見守るなか、とうとう川の本流の水路を見つけた。

水路の蓋を開けると、そこにはザーーーッと勢いよく流れる水があった。

人々はしばらくの間、声を出すことも忘れてその迫力ある水流を見ていた。

ある者は、涙を流しながら。ある者は、嗚咽を堪えて。

「やったな」マイクの一言で、ようやく人々は歓喜の声をあげる。

「やった‼」

「これで、水やりの重労働から解放される‼」

レティシアは、ふらふらと二、三歩下がるとへたり込んでしまった。

「……本当にあった……」

マイクが相槌を打つ。

「ああ、よくやりましたな」

「これで、みんな水に困らないよね？」

レティシアの問いにマイクが微笑む。

「もちろんです。お嬢様のお陰だ」

「たくさんの作物が育てられる？」

マイクはレティシアの頭を撫でる。

「水があれば、いくらだって耕せる。たくさん耕して、たくさん育てて、お嬢様に一杯食わしてやる」

「私、みんなの作る野菜や小麦を楽しみにしているわ」

村人が全員「おう、任しといてください」とドッと叫んだ。

今日は、早歩きで屋敷に帰る。

かなり疲れていたが、喜びが大きいと多少の疲れは、脳内物質ドーパミンが忘れさせてくれるのだろうか？

いつもなら、とぼとぼ帰る道のりも、足取りが軽すぎてスキップで帰れそうだ。

「たっだいまぁ〜」

レティシアが屋敷に着くなり、上機嫌で叫んだが、もちろん出迎えてくれる人もおらず、少々空しい。

しーんと静まる屋敷。喜びを分かち合う人がいないことが今日は堪えるのだ。きっとみんなで喜んだその余韻を楽しみたかったのかもしれない。しかし、感傷に浸ったのも一瞬で、頭を振っていつものレティシアに戻り、明日に備えてお風呂に入って布団にくるまるのだった。

◇□　◇□

朝、再びオルネラ村に向かう。

いつも南部の町を通っていくのだが、最近は商店の大人たちがにやけて見てくるのが気持ち悪い。

「北部のお水は見つかったのかい？」

金物屋の主人が笑っている。

「水があってもうまくいきっこないさ。まあ、子供のお遊びがいつまで続くか楽しみだね」

ああ、そういうことか……とうんざりする。彼らはレティシアの失敗を楽しみに待っているのだ。

「見ててください。オルネラ村は変わりますよ」

笑顔で答え、すぐ北に向かって歩きだす。

南部のルドウィン町の人々に小バカにされたせいではないが、その日はより一層、レティシアは精力的に動いた。

朝から北部の水路の整備と、それに伴い起こる水の利権を巡る争いと法的措置について考える。あと、水利組合も作った。

この領地の北部で、農業用水である水路を使う場合、この組合に入らなければならないとしたのだ。

ここは、これから豊かな農作地に変わる。村人だけでは手が足りなくなるだろう。

彼らだけなら、話し合いでうまく水を使ってくれるかもしれないが、そうもいかなくなる。

これから、新参者が土地の改良をして、好き勝手に水路を使われても困るのだ。

きっと他から土地を求めてやってくるだろう。しかし、古参の彼らに土地改良を率先してお願いしたい。

「皆さんにお願いがあります。水路は見つかったばかり。なので、この土地は未だ不毛の土地です。ですが水路で潤えばこの地は劇的に変わるでしょう。私は、できるなら古くからこの土地を守ってきた皆さんに、新しく農地を開拓してほしいと思っています。そして、新しい土地に関しては、二年間税金を免除します」

開拓して作物ができたらすぐに税金を納めろっていう領主には、なりたくない。

それと、彼らが開拓を終わるまで、新しい開墾者の受け入れはしないと約束した。

もちろん、期限付きだが……。

この話にオルネラ村の人々は、「広大な農地を開拓してやるぜ」と、やる気満々である。

北部は少し展望が見え始めたが、問題は南部の商業地域だ。

閑古鳥さんも鳴くことのない、ため息しか出ない商店が、立ち並んでいる。

しかも、どの商店の主人も目が死んでいるのだ。

『お客への接客態度を少し変えてみてはどうか？』と意見すれば、反論が百倍になって返ってくる始末。

『ど素人のお嬢様に何が分かるってんだ!!』が彼らの口癖。ほとほと、お手上げである。

◇□　◇□

ラシュレー王国の第二王子、エルエスト・ラシュレーは現在十歳。自身に群れ集う令嬢に、うんざりしていた。

整った眉に、切れ長の目。光沢のある銀髪は風に靡き、爽やかな初夏の新緑色の瞳で口角を上げて見つめれば、誰もがエルエストに、ぞっこんになるのは間違いない。

しかもエルエストは第二王子ではあるが、母が公爵家出身の王妃であることから、王太子になるのではと噂されていたため、令嬢の親たちも必死に娘を売り込んできた。

第一王子である兄、ハリー・ラシュレーは五歳違いだが、母が伯爵家出身の側妃ということで、自らも一歩退いた考えを持っている。

だが、王妃も側妃もその仲は良好で、お互いに王太子争いは考えてもいない。

側妃が先に嫁いでいたが、その後公爵家から嫁いできた病弱な八歳年下の王妃を、妹のように大事にしていたのだ。

それ故、王妃も側妃を姉のように慕い、現在の良好な関係になっている。

エルエストの母である王妃などは、王の素質は我が子ではなく、ハリーが適任だと考えているくらいだ。

第一王子のハリーは焦げ茶色の髪に、落ち着いた黒い瞳は物事をいつも的確に捉えていた。

読書家で勉強好きな彼は心根も優しく、エルエストにとっても大好きで尊敬できる兄なのだ。

よって、兄のハリーを蔑ろにする令嬢たちは遠ざけている。

昼間のお茶会という伴侶選びに駆り出された二人は、頬の筋肉が痙攣するくらい、笑みを貼り付けていた。

「エルエスト殿下、この宝石をご覧ください。殿下の瞳と同じ色のエメラルドをあしらったネックレスを今日のために用意しましたの」

「ほほほ、金の亡者と呼ばれるビソン伯爵家ね。デザインに品がないですこと」

「キー‼　なんですって？　そういう貴女も飾り立てた羽のドレスなんて、センスの悪さに吐き気がしますわ‼」

今にも掴み合いの喧嘩が始まりそうな令嬢たちの勢いに、王子二人は別室に逃げ込んだ。

「はあー……見た目だけ取り繕う女に寄りつかれても、鬱陶しいだけだ。媚びへつらうだけの令嬢には……うんざりする」

エルエストが気だるげにソファーに寝そべれば、困ったようにハリーが宥める。

「一方的に決め付けるのは良くないよ。中には心の優しい女性もいると思うよ？」

「じゃあ、兄上は今日集まった中に、そんな女の子がいたと思うの？」

「今日は……いなかったね」

「でしょ？　この国には傲慢な令嬢しか、もういないのさ」

エルエストが、遠い目をする。

「焦る必要はないと陛下も仰っていたし、ゆっくりと見定めればいいよ。それに、ここで見せた顔と違って、素の顔は穏やかな子がいるかもね」

兄の言葉に、弟はワシワシと頭を掻きながら座り直す。

「そうだな、直接その子の態度を見ないと分からないよね。兄上、ありがとう。やっぱり兄上はいいアドバイスをくれるよ」

何か企んだエルエストの顔は、生き生きと瞳を輝かせる。ハリーは弟の上機嫌な様子に、ほっとした。

実行あるのみだと、すぐにエルエストは行動に移す。エルエストは髪の毛の色を魔法で艶のない灰色に変えて、前髪で目を隠し、汚れた服装で町に出た。

いつも変装し、町に出て庶民の暮らしを視察しているが、今日の目的は別にある。

ベルモニ侯爵令嬢のポーラが、庶民の暮らしの手助けをしに、自ら町に出て貧しい者たちに施しをしていると、彼女から聞いたことを直接確かめに来たのだ。

「本当に、あの着飾った高慢ちきな女が町に現れるのか？　本当だったらギャップ萌えだな」

ポーラの出現を待っていると、侯爵家の立派な六頭仕立ての馬車が、町中の狭い道を占拠した。

そのせいで、荷車を押す少年が通れなくなっている。だが、そんなことはお構いなしだ。

降りてきたベルモニ侯爵令嬢も道を占拠していることなど気にもせず、ド派手な衣装で、ドレスの裾を引き摺りながら歩いていく。

「なんだあのドレスは!?　あの格好でどこに?」

町とは全くそぐわない格好で、ご令嬢が入っていったのは、近頃、斬新なデザインで有名になっている宝飾店だ。

町にあの衣装で現れるとは……と呆れつつも、今は道を通せんぼされて往来を行き来できなくなった荷馬車や荷車を優先させようと、侯爵家の御者に話しかけた。

「この馬車を道のど真ん中に置いていると交通の邪魔なので、少し先の道幅が広くなっている場所まで移動してくれませんか?」

だが、御者はギロリと高いところから見下ろしただけで、再び前を向き取り合わない。

ここで、馬がいきなり三歩下がったことで、荷車の少年がバランスを崩して、積んであった果物を転がしてしまった。

エルエストやそこにいた人々が拾うと、ちょっとした騒ぎになった。その時、店から出てきたポーラが散らばった果物に顔を顰め怒りだす。

「この騒ぎはいったい何なの?　そこの者たち、私の前を汚い格好で横切らないで頂戴」

そう言うと、御付きの騎士たちに果物を拾う人たちの排除を命じた。しかし、エルエストが待ったを掛ける。

「ちょっと待ってくれ。まだたくさんの果物が落ちているんだ。拾ってからにしてくれ」

だが、ポーラはまるで汚物を見るように眉をひそめ、エルエストから顔を背ける。

「私に声をかけるなんて、汚らわしいわ‼　この者どもを近寄らせないで‼」

「お前たち、目障りだ‼　退け」

騎士たちは無抵抗の人々を剣で追い立てる。

まだ、たくさんの果物が道に残っているにも拘わらず、彼女は馬車に乗り込むと、馬車を発車させた。

道に転がっていた果物は馬に踏まれ、馬車の車輪に轢かれて見るも無惨なことになってしまう。

原型をとどめない果物を前に、しょんぼりと肩を落とす少年に、町の人々が口々に声をかける。

「酷えよな。あれ、侯爵家のご令嬢だろ？」

「貴族の女ってあんな奴ばっかりだな。お前も運がなかったな」

「そうだな、どうせ訴えても泣き寝入りだぜ」

貴族という人害が通りすぎたあとには、人々の憤りと砕けた果物が残った。

「あれが、あいつの町での素顔なのか。どこが慈悲深いご令嬢なんだ」

その後エルエストは侍従に金を持たせて、果物の損失を少年が負うことのないようにした。

この事件後も、何人もの令嬢の町での行動を見たが、それは酷いものだった。

そのくせ、夜会などで会う令嬢は、どれほど自分が優しく謙虚であるかを滔々と語るのだ。

ポーラなどは、「先日、わたくしの馬車に飛び出してきた少年が、果物を落としてしまったの。わたくし、少年の果物を拾って差し上げましたのよ」とありもしない嘘を平然と言ってのける。

エルエストは堂々と嘘をつく女に驚愕した。

この女はもしかして、舌が五枚くらいあるのではないか？と疑うほどにその後も饒舌に語るのだ。

「兄上は、あれほどまでに嘘を語れる令嬢たちをどう思われます？」

「ああ、ゾッとするね」

ハリーは微笑んだまま答えるが、鳥肌が全身に立っている。

王子二人は、貴族令嬢の本質を見て、失望と恐怖が重層されたのだった。

商品は山です！

レティシアは、ルドウィン町の商店の店主たちの頑固な態度に頭を悩ませていた。

だが、ここで挫(くじ)けるわけにはいかない。

社畜で終わった前世と違い、領民みんなでこの領地をやり直すのだと、決意を固めている。

商業地域を発展させ、より良い暮らしを目指してこその、豊かな生活が先にあるのよ、と見違えたルコントの領地を夢に見て、手強(てごわ)い店主への攻防を考える。

とはいえ、本当に話を聞かない頑固者を相手に、今のところ為す術なし。

あまりにも酷い店構えを、『修理してみないか？』と言えば、『王都で流行の石造りの町並みにどうやって勝つのだ？　うちも石造りにするのか？　そんな金がどこにある』と、できないの三段活用。そりゃそうだわ。

確かにどんなに修理しても木造が精一杯。今のままではお洒落な雰囲気にはならないし、石造りに建て替えるお金もない。

レティシアは、二階の両親が使っていた部屋をごそごそと家捜(やさが)しする。

金目の物は、無いのかしら？

出てきたのは、母が着ていただろう高そうなドレスだ。

母が若い男と逃げた時に、全て持って逃げたと思っていたが、一着だけ残っていた。

（このドレス、一着買うのに百万レニーはするよね。母の散財もこの領地の経営を圧迫していたのね）

高そうなオーダーメイドのドレスを見て、自分の母親がどのような女性だったのか想像できた。

「あのドレスを売ったお金で、お店を直せるのはせいぜい、三店舗……。もっといい使い道はない？　元手なしで儲けが出る美味しいウハウハな話はないかしら？」

北部の水路を見に来て、水の流れを見ながらうんうん唸るレティシア。

「レティー様、凄い眉間に皺が寄ってますよ」

ポドワンが自分の眉間を指しながら、レティシアの顔真似をする。

「あら、嫌だわ。そんなに酷い顰めっ面、していたかしら？」

「ええ、子供たちも怖がって遠巻きに見てますよ」

レティシアが顔を上げると、いつもは傍に寄ってくる子供たちが、距離を空けてこっちを見ていた。

「怖がらせてごめんなさい。お金を掛けずにお金が儲かる方法を考えていたの……」

「お金を掛けず……ですか？」

ポドワンも、一緒になって考え込み、二人の眉間の皺が深くなった。

妻のマリーが見兼ねて、「ほらほら、そんなに俯いてたらいい案も浮かびませんよ。空を見てください。今日はとても良い天気ですわ」と青い空を見上げる。

レティシアが空を見ようと顔を上げると、そこにコート山が目に入った。

むむむむ……。

「やま……。登山……。滝……。……‼」

レティシアがクワっと目を開き、一点集中して山を見続ける。そして、不気味に笑いだす。

「ふふふふ、これよ‼ 入山料に、服の貸し出し、そこで飲める水、いいわ、これ全部元手要らず‼」

閃きが素晴らしく、一人で悦に入るレティシア。

そんな彼女を恐れて、子供だけでなく大人までもが遠巻きに見るのだった。

ポドワンとマリーに、これから行う事業の手伝いを頼める人を、何人か紹介してほしいと頼んだ。

しかし、今は土地の開拓で猫の手も借りたいくらい忙しく難しいと言われてしまった。

確かに、そうだ。溜め池も水路も、村人総出で行っている。

「それなら、南部のルドウィン町の暇そうな奴らに声をかけたらどうでしょう？」

ポドワンが、そう提案してくれたが、現在南部の人たちに、レティシアは認めてもらっていない。

お願いしに行ったところで、断られるのがオチだ。

「う～んと……あの人たちは私を手伝ってくれないと思うよ？」

レティシアが言葉少なに言うと、マリーが元気良く胸を叩いた。

「私に任せてください‼　これでも私はルドウィン町からこの村に嫁いで来ました。知り合いに声をかけてみますね」

「ありがとう。助かるわ」

（ありがたし。こんな所に、ルドウィン町と繋がりのある人がいたなんて……。マリーさんが女神のように見えるわ）

「レティー様にはお世話になっているし、これくらいなんでもないわ。それに、向上心のない商売人は、いつか潰れるだけよ。あそこにいるより、ここに来てレティー様のお手伝いをした方が身になるわ」

なんとなく、オルネラ村とルドウィン町には見えない隔たりが存在するのだろうか？

マリーはルドウィン町から嫁いだと言っていたのに、随分と辛辣だった。

それにこんなに小さな領地で、蟠りは生まれるのか？

深堀りすると、ややこしいことに巻き込まれそうな予感がしたので、ここはスルーしておいた。

そう、藪をつついて蛇を出している場合ではないのだ。

今優先すべきことに集中するために、レティシアはマリーに助っ人を頼んで、土地の開拓をしているだろうマイクの元に向かった。マイクの家に行くと、家の外で作業をしていた。

「こんにちは、マイクさん。何を作っているの？」

「ああ、景色がいいからベンチを作ってここに置こうと思ってな」

丸太を使って、器用に作ったベンチを玄関脇に運ぶマイク。

「ほら、お嬢様もどうぞ」

マイクに誘われて、ベンチに座るとみんなが開拓をしている風景が見える。

「ここは少し高台になっていて、見晴らしがいいだろう？」

「うん、しかもいい風が吹くわね……。ところでマイクさんは、畑を広げたりしないの？」

みんなが、水路に合わせて土地を開拓し土地改良に余念がないなか、マイクはのんびりとしている。

「これで十分だ。ここで食うには困らん。それに、水やりの重労働からやっと解放されたんだ。ゆっくりするさ」

朗(ほが)らかに笑うマイクに、ほっこりする。

「私、水路を見つけられて良かった。マイクさんがのんびりする時間ができたんだもの」

「そうだな、ちょっとばかり暇すぎるがな」

そういいながら、マイクが家に入ってすぐに出てきた。

手には、二つのグラス。

「ほら、これでも飲んで、お嬢様もたまにはゆっくりした方がいい」

出されたグラスにはたくさんの気泡が付いている。

——こ、これはもしかして？

恐る恐る飲むと、しっかりシュワワと喉に弾ける。

「マイクさん、これって炭酸よね？」

「たんさん？　名前は知らんが、山に行くと、水の神様が好きな『パキジア』って木があってな。それを水に浸けておくと、泡の出る水ができるのさ」

なんですって？　クエン酸や重曹要らず？

しかも、前世の炭酸よりもシュワワ感が強いです!!

これにレモンや砂糖を入れたら、サイダーだよね？　ああ、水と葉っぱなんて、超お得。

「マイクさん!!　これを売りたい!!　この作り方を知っているのはマイクさんだけ？」

「ああ、これを知っているのは、ワシだけだよ。こんな変な水を飲みたがるのはワシだけだと思うが……」

クワッと目を見開いたレティシア。

「マイクさん、私と商売の話をしましょう」

ずいっと近寄ったレティシアに、なぜか怯えるようにマイクが一歩引いた。

「レティーお嬢様、お前さん今、凄く悪い顔をしているぞ」

ふふふ、これが私の本性ですわ。


レティシアには、やりたいことが一杯ある。

だが、お金がない。では、どうするのかといえば、お金を掛けずに儲ける方法で少しずつ蓄えるのだ。

方法はハイキングの入山料で稼ぐというもので、そのためには少しばかり、山のルートを整備しなければならない。

それで今、そのお金を捻出すべく、母のドレスを少しでも高く買い取ってくれる店を探しに、王都に来ているのだが……。

悲しいかな、見た目が子供すぎて、店員に舐められた。

百万レニーのドレスをわずか五百レニーと買い叩かれる始末。

ここは撤退を余儀なくされた。無策で来たのが間違いだったのだ。

そう、レティシアは店に入った時から勝負に負けていた。

『子供がなんの用なの？』

と、店員のあからさまな嘲笑に、気弱になった。

（この悔しさ、見てらっしゃい‼　次は絶対に勝ってやる）

さらに……勝ち気な根性がなければ、心折れるような帰り道が待っていた。栄えている領地には、王都から領地まで、馬車の定期便が出ているのだが、ルコント領には馬車便など一便も通っていない。つまり、これから領地まで歩いて帰る苦行が残っている。

（私って最近歩くことが多いわね。万歩計があったら毎日一万歩は確実に歩いているわ。ああ、馬車の定期便が欲しい……）

レティシアは領地の力のなさに、とぼとぼと歩いて帰るしかない。

いつか、我が領地も、たくさんの人が訪れるような国を代表する観光都市にしてやる‼と決意をしつつ、王都で買ったサンドイッチを片手に持って、もう片方には、母の派手なドレスが入った袋を抱えて帰る。途中で幌馬車の旅役者の人たちに、乗せてもらっていなければ、夜通し歩くことになっていた。

旅役者の人たちに、領地の近くで降ろしてもらう。気のいい彼らは、ルコント領の二つ先に行って、劇をすると言っていた。

（栄えたなら、是非来てもらいたい。いつになるかは知らないが……）

悔しい思いをした昨日の今日というのに、レティシアは朝一で、マイクの家を訪れていた。

そして現在マイクが、困惑の表情を浮かべている。

「わしが王都に行って、貴族の真似なんぞできるわけがない」

「大丈夫よ。私の父より貫禄があって、立派な領主に見えるもの」

レティシアが必死にマイクを言いくるめようと、あの手この手でおだてている。

「一目見て、すぐに見破られるわい」

「そんなことないわ。堂々とした風格は、そんじょそこらの貴族よりも、気品が溢れているわ」

「……そうかのぉ？」

（――おおぅ、いい感じ。もう一押し）

「それに、その顔つきは伯爵、いやそれ以上の品格よ」

「……じゃあ、やってみるか」

（やったわ！　マイク陥落）

というわけで、マイクに屋敷にあるお客様用で、一番大きい衣装に着替えてもらった。そして、今度はマイクと二人で再び王都へ向かい、先日、無様に負けてしまった店の前に立っている。

リベンジよ‼

「本当にその台詞だけ言えばいいんじゃな？」

マイクが店の前で、怖じ気づいたのか、何度も質問をする。

「大丈夫よ、あとは侍女の私が言うから、黙っていてね」

そう、マイクは伯爵に成りすまし、レティシアは侍女に扮して再度チャレンジで、母のドレスを売りに来たのだ。

王都の店は、総ガラス張りで敷居が高い。だが、ここで怯んでは先日の二の舞である。

レティシアが店に入って、ドアを開けると続いてマイクが背筋を伸ばして堂々と入った。

マイクは緊張でねじ巻きの人形のような緩慢な動作で、ゆっくりと店員を見てしまう。だが、それはまるでギロッと店員を睨んだようになった。

若い店員は、高位の貴族の威厳に満ちた態度だと勘違いし、萎縮してしまう。

先日レティシアに、けんもほろろだった中年女性の店員は、揉み手をしながらマイクに近付いた。

「まあまあ、ようこそいらっしゃいました。今日はどんなご用でございましょう」

「ああ、レティー」

マイクが一言発し、あとはレティシアが店員に説明をする。

「先日伺ったのですが、覚えておいでですか？」

店員が微笑んだままで、少しマイクから目を逸らし、レティシアに移す。

「まあ、先日来られた方ですわよね。よおく、覚えておりますわ」

一流の店員は変わり身が早い。同じ人物かと見間違うほどに、今日はレティシアにも満面の笑みを向けた。

「このドレスは、ご主人様の亡くなった奥様の物ですが、山のようにまだ屋敷に残されたままで、そのドレスを見ると、ご主人様が奥様を思い出して辛いと仰るのです」

ここで、店員はまるで役者のように悲しげな顔を作る。

「まあ。なんておいたわしい。さぞ、仲の良いご夫婦だったのでしょう」

この店員、胸に手をやり演出が凄い。

（劇団員なのか？）

レティシアもあまりの演技に、見入ってしまいそうになる。

「それで、屋敷にある全てのドレスを売却したいとお考えだったのですが、さすがに奥様のドレスが五百レニーだと説明すると、お店を見たいと仰ったので、今日はご主人様をお連れしたのです」

店員はまずいっと瞬時に判断した。この先何着もあるドレスを買い取れるかもしれない太客だ。逃がすわけにはいかないと、言葉を選んだ。

「まあ、私どもの言葉足らずで、申し訳ございませんでした。五百レニーと申したのは、手付金のことですわ。このように上等なドレスをまさか五百レニーで買い取ろうなんて思ってもみませんわよ」

（この前来た時は、『うちじゃあ、こんなドレス五百レニーでも高いくらいよ』って言っていたのに……）

憤慨しながら、レティシアがマイクを見ると、マイクは朝が早かったのと緊張で、眠気に襲われているではないか。今にも閉じそうな目を必死に開けている。レティシアは交渉を急いだ。

「では、いくらで買い取っていただけるのですか？」

レティシアが聞くと、店員はさらさらと紙に金額を書いてマイクに見せた。

紙に書かれた数字は二十万レニーだった。

だが、運悪く店員は睡魔と戦っているマイクを見た。

「ひっ‼　すみません間違えました‼」

慌てて書き直す店員。

どうやら、マイクの眠そうな顔が、怒りの半眼(はんがん)に見えたらしい。

「これでどうでしょう？」

店員が書き直した金額は三十万レニー。

（ふおおお‼　やったわマイクさん‼）

レティシアがマイクを振り返った時、マイクがふらっと倒れる寸前だった。

倒れる寸前ハッと目が覚めたマイクは、バァンッッ‼と机を叩き、体勢を立て直す。

これにビックリしたのは店員だ。「すみません‼　四十万レニーで‼」とさらに上乗せした金額を提示。

レティシアはすかさず、「ありがとうございます。では、その金額で‼」とさっさと手を打った。

これ以上この店にいると、マイクがぼろを出しそうだ。なんとか、大金を手にした二人は屋台で買った肉を頬張りながら、今日の出来事を笑い合った。

「マイクさんが寝ていた時は、終わったと思ったわ」

「ははは、すまん。途中で眠くて意識が朦朧としてきてな。必死で起きてたんだが……」

「でも、マイクさんのお陰で高く売れたわ。ありがとう」

レティシアが頭を下げると、「役に立てて良かった」とやっと人心地つけたマイクだった。

ハイキングに来てもらうのはいいが、それに相応しい格好を知らない貴族が多い。

バカみたいに、いつでもどこでもドレスを来てくるＴＰＯを知らない貴族もいるだろう。

その貴族のために、ズボンなどの軽装を用意しておく必要がある。

二人は庶民の服屋に行って、少し小綺麗なズボンや服を男女ともサイズを分けて何着も買った。

靴もサイズ別で、一番安い滑らない物を揃えた。

これだけ買って十万レニーを支払い、お釣りがあった。

母のドレス一着百万レニーって本当に無駄遣いだわ。と貧乏領地に嫁いだにも拘わらず、派手な生活を続けた母の行いに呆れていた。

屋敷の畑に水を撒いていると、大声で誰かがレティシアの名前を呼んでいる。

誰だ？　と思っても全く見えない。

以前は庭師がいて、蔦が伸びてもフェンスに巻きつく前に切っていたので、来客があってもすぐに分かった。

だが、庭師もいない今は、蔦がモンスターのようにフェンスを飲み込んで、外の景色も全く見えない。

諦めて、声のする方にレティシアが行くと、マリーに似た顔の若い男が立っていた。

「すみません、俺はマリーの兄でケントっていいます」

その男から漂う美味しそうな匂いで気が付いた。

「ああーあなたは‼　パン屋の無愛想なお兄さん‼」

ってことはあの奥にいた、態度の悪い店主がマリーさんのお父さん？　マリーさんはあんなにいい人なのに。

「その節は申し訳ございませんでした」

ケントは礼儀正しく、しっかりと腰を曲げて謝罪した。

「いいえ……私の方こそ無愛想とか言ってごめんなさい」

ケントが礼儀正しくて、拍子抜けした。

「マリーさんから聞いて、私を訪ねてくれたということは、私の手伝いをしてくれるんですよね？」

パン屋での態度そのままの人なら、お断りさせていただくところだったが、きちんとして所作もいいし、こうしてみると物腰は柔らかい。それになんだか無駄にイケメンだ。

「はい、パン屋は親父と一つ上の兄がいるので大丈夫です。それに、客に対してスタッフの方が多いでしょ」

いたずらっぽく笑う。

確かに、店の中にも外にも客はいなかった。

「じゃあ、しばらくはオープン準備期間としてオープニングスタッフとして働いてもらいますね」

「分かりました。で、商品は何を売るのですか？」

ケントは早く商品を確かめたかったようだが、品物はない。

「売り物？　というか商品は、アレです」

……レティシアが指差したのは、コート山。

「アレ……とは？」

ケントはレティシアがどこを差しているのか分からず、キョロキョロと目が彷徨(さまよ)う。

「山です。アレを今度はプロデュースして稼ぎます」

レティシアの言葉に、ケントは頭を抱えた。

「マリーが褒めてたから、うっかりその気になって来ちまったけど……所詮は子供の考えることじゃないか」

ケントはすっかりやる気をなくし、しゃがみ込んでいる。

「ケントさん、大丈夫です。さすがに山を商品として開業するのは初めてですが、勝算はあります」

レティシアの自信に満ち溢れた態度を見て、さらに弱気になるケント。

「はー……親父に『子供のお遊びに手伝いなんていてるかよ』って言われたけど、客も来ないパン屋でいるより、新しく挑戦したいと出てきたのに……あんまりだ」

ケントは人差し指で地面に穴を掘って、いじけている。

「そうです。ケントさん。これは挑戦です。一緒に新しい試みを体験してみませんか?」

「……挑戦か。そうだな、パン屋にいても、新しいパンを焼かせてはもらえないし、客も来ない。いっちょ、やるか!!」

ケントの立ち直りの早さは悪くない。営業において、一歩前進する勇気がないと、店舗開発はできない。

(うふっ、これはいい人材を紹介してもらいましたわ。しかも笑顔が人懐っこくて、さらにイ

ケメンときたら、面接官なら即採用です）

貴族らしからぬ顔で、レティシアがほくそ笑んだ。

ケントとレティシアは、コート山を登っている。

「これはいいわね‼　とても良い滝だわ。ケントさん早く来てください」

レティシアは毎日、領地を徒歩で移動している。そのせいだろうか、いつの間にか足腰は強くなり山歩きでも楽勝だ。

だが、ケントは立ちっぱなしの仕事ではあるが、長時間歩くことはない。そのためか、コート山に入ったばかりで既にバテていた。

やっと追い付いたケントに、レティシアが「さあ、この滝に名前を付けて」と目を輝かせている。

「ハーハー……、ちょっと待ってください。まずは休憩を……」

休ませてほしいとケントは言いかけたが、レティシアがワクワクしながら待っているので、言い出せない。

仕方なく、滝を見て発想力を高める。

「え～と……そうですね……この滝はレースのように細かな流れなので……『レース滝』ってどうです？」

「すぅ……素晴らしいぃぃ‼」

レティシアがその名前と場所を書き記す。

「ケントさん、あなたのネーミングセンスは分かりやすくて良いわ。あなたがいてくれて良かったわ」

レティシアが感激のあまり、目頭を押さえる。

「はあ……。でも本当に滝に名前を付けただけで、人が来るんですか？」

ケントは未だに半信半疑だ。

「どこかの国に、滝そのものを観光にしている地域があるんですよ。貴族の人たちも、老いも若きも自然に触れたいと思っている人が意外と多いのです。それにちょうど良いのがここ‼　そう、このルコントです‼　王都からも近く、手軽に来られるルコントがちょうどいいの。宣伝文句を考えれば、絶対に流行るわ。よし、次に行きましょう」

こんなに小さなレティシアだが、恐るべき持久力。レティシアの体力の貯蔵庫が空になることはあるのだろうか？と考えながらケントは、限界に近い体を鼓舞し、後に続いた。

「ねえ、ケントさん。ガラス職人で腕のいい人がいたら紹介してほしいの。誰か知っていますか？」

「ああ、知ってますよ。どんな形でも作り上げる優秀な奴です」

「じゃあ、帰りに寄りましょう」

「……まさか、今日？　今日ですか？　俺、もう筋肉痛……」

ケントの足は、ずっとケタケタと笑っている。明日は絶対に筋肉痛は間違いなし。

「ふふふ、善は急げよ」

ケントの体力、気力が底を尽いた瞬間だった。

山から下りてきたケントは、オルネラの村人と和気藹々と話をしているレティシアの隣に黙って座っていた。

村人との会話は居心地が悪いのか、ケントは「ガラス職人の所には行かなくても良いのですか？」と頻りにレティシアに聞く。

「よく考えたら、まだ作ってもらうための絵を書いていないから、明日にしましょう」と答えると、すぐに村人との会話に花を咲かせている。

ケントは仕方なく、レティシアと妹のマリーの間に座り、なるべく目立たないようにする。

話題は先日レティシアが、マイクと一緒に行った王都での話になった。

「本当に大変な目に遭った。突然わしに伯爵になれって言うんだ。貴族の服を着せられて王都に行ったけど、肝が冷えたよ」

マイクは肩を上げて、フーとため息を漏らす。

「あら、マイクさんは結構ノリノリで、どこからどう見ても高位の貴族の振る舞いだったわよ」

そうレティシアが言えば、それを見ていたポドワンも大笑いする。

「あはは、背筋を伸ばして歩くマイクさんは見ものだったぜ」

「マイクさんのお陰で、ドレスも高く売れたわ」

レティシアはホクホクしているが、マリーは心配そうだ。

「でも、お母様の形見のドレスを売ってしまって良かったのですか？　しかもそれが最後の一着だったのでしょう？」

「大丈夫ですよ。母は死んだんじゃなくて、若い男と逃げたんですもの。しかも大金も持って逃げたと聞いているし、この領地の役に立てて良かったのよ」

親子関係にあっさりとしているレティシアだが、村人はまだ九歳の少女が母の思い出の品物を売ってまで、領地に尽くしてくれていることが嬉しかった。

女性の中には俯いて、そっと涙を拭く者もいたが、当のレティシアは、無頓着だ。

「それにしても、マイクさんが机を叩いて四十万レニーとは、恐れ入ったぜ」

ポドワンはレティシアを悲しませないよう、話を元に戻す。

「マイクさんがふらふらと寝そうになっている時は焦ったけど、そのお陰で四十万レニーだもん」

村人がその時のマイクを見たかったと大笑いしていた。

その様子をケントが、不思議そうに見ている。今まで聞いていた、オルネラの村人たちとは全く違うからだ。

よく、父からは、『オルネラの村人は、暗くて挨拶もしねえ。それにしみったれていて、毎日がお通夜のように陰気な顔で過ごしてるんだ』と、いかにどんより暗いかを語っていた。

マリーがポドワンと恋仲になって嫁ぐ時も、「オルネラ村に行ったら笑顔を忘れるぞ」と脅していたほどだ。

確かに、レティシアが領主になるまでは、彼らに笑顔はなかったかもしれない。だが、今は毎日が希望に燃えている。

昨日よりも今日。今日よりも明日。日に日に良くなっていく暮らし。

さらに、可愛い領主は、発展のためにまた何かを仕掛けようとしている。

この小さな領主がちょこまかと動くのを、村人は楽しみにしているのだ。

言えば不敬になるが、マイクにとってレティシアは、目に入れても痛くない孫のような大切な存在になっていた。

マイクだけでなく、村人もレティシアを大切に思っている。

身近で大切で、家族のような存在。故に、ついつい伯爵令嬢ということを忘れているのだが……。

それもレティシアがドレスを着ず、いつも汚れたオーバーオールで走り回っているせいでもある。

ケントもこの伯爵令嬢が、他所で見かける令嬢とは違うと気が付いている。

だが、ルドウィン町では、未だにレティシアがお金を巻き上げるだけの領主だと考えていた。

これは偏見でしかないが、それまでの領主が酷かったせいだ。

今日一日を一緒に過ごしてケントもレティシアという令嬢を彼らとは違うと理解し、支えたいと思うまでになっている。

ここで、マリーの後ろに隠れていたケントが手を挙げて村人の輪に加わった。

「南部のパン屋の息子のケントです。これからこちらにお邪魔する機会が増えるので、よろしくお願いします」

ビシッと立ってご挨拶。

「そんな畏まらなくてもいいよ。マリーちゃんのお兄さんだろ。こっちこそよろしくね」

そう言われてケントが笑うと、あっという間に輪に溶け込んだ。思う壺すぎてレティシアがニヤリと笑う。

ケントはこれから、コート山に来てもらう機会が増える。その時に、村人と距離を置いたままではダメなのだ。だから、レティシアは予定を変更してまで、この村人の輪にケントを放り込むことにしたのである。

結果は上々。よしよし、何もかもうまくいっているぞ。

だが、レティシアの全く想像していないところで、物語が動き出していた。

◇□　◇□

レティシアの叔父であるヤニク・ワトー男爵は、レティシアから全てを奪い、さらにはその先のレティシアが手にするお金、つまりはレティシアが王子宮で働く給料さえ搾取しようと思っていたが、敢(あ)えなく失敗。

文字も読めない小娘など、騙すのは赤子の手を捻るよりも簡単だ‼と意気揚々とルコントに乗り込んだ。

だが結果は返り討ちに遭い、フルボッコ。たったの一レニーも奪えなかったことを、未だに腹立たしく思っていた。だが、諦めてはいない。

デップリ太った腹を揺すりながら、ぶつくさと文句を言いながら歩いている。

今日は人事の役人に呼び出されて、王子宮に来ていた。

「全く役人っていうのは、せっかちでいかん。しかもすぐに呼び出す。呼べば、ほいほい来ると思われているのもムカつくのだ」

ぶつくさと文句を言っていたが、目的のドアの前でコホンと咳払いをして、顔をにこやかに作り変える。

そうして、呼び出された先の人事課のドアをノックした。

中から甲高い声で返事があり、ヤニクは腰を低くし揉み手をしながら入る。

「ヤニクさん、先日連れてくると仰っていた伯爵令嬢は、まだですか？」

痩せた頬に、気難しそうな線の細い男性が、じろりと見る。

彼の名前はパスカル。王子宮だけでなく、全ての人事を任されている優秀な人材である。

「すみません。すぐに連れてくるつもりだったのですが、母親や父親が帰ってくるのではと期待して、屋敷で待っているのです。私としても連れてきたいのですが、彼女の心情を思うと無理に連れて来られないんですよ。ですからもう少しお待ちいただけませんか？」

悲しげに困った顔を作るヤニク。

「まあ、そういう事情ならば、もう少しお待ちしましょう。ですが待って半年です。王宮で働きたいという貴族子女は、たくさんいるのをお忘れなきよう、お願いしますよ」

パスカルにピシリと期限を言い渡されてしまった。

ヤニクは頭を下げたまま、人事課のドアを閉め部屋を出て、そのまま笑顔で廊下を歩き、角を曲がったところでスンと無表情に変えた。

「全く強情な娘だ。普通王子宮で仕事ができると言えば、大喜びで飛び付くだろう。一人で領地に残ったところで領民にもバカにされ、いずれ泣きついてくるのは目に見えているわ。全く小賢(こざか)しい」

早く、ルコントの領地を我が物にして、あの赤字の領地を他の貴族に売ってしまおうと考えているヤニク。

それにはレティシアは邪魔でしかない。

「まあ、もう半年、待たずに根を上げるだろう。それまで待つか」

レティシアが泣きついてきたらどうしてやろう。それを考えると、今度はひとりでに頬が緩んだ。

「ははは、その時が楽しみだ」

ヤニクが通りすぎたあと、その傍で王子宮のトップである、第二王子エルエスト・ラシュレーがヤニクの独り言を聞いていた。

「ふーん、俺たちがいる王子宮で働くのを嫌がる女がいるのか……」

少し興味が湧いたが、すぐに思い直した。

「どの女も、俺の顔を見るなり、きゃーきゃーと騒がしい。まあ、どうせその女も同じだろう。半年後にここに来たら、騒がしい女が一人増えるだけだ」

エルエストは踵を返し、自室に戻っていった。

◇□　◇□

こんなことが王宮で起こっていたとは知る由もないレティシアは、次のミッションに取り組んでいた。

次の課題はサイダーの瓶作りだ。ラムネ瓶として、瓶の中にビー玉が入っている、あの独特な形を作りたいのだが、難航している。

ケントに紹介してもらったガラス職人の親方グレコに、絵で書いたものを試作してもらったが、うまく作れない。

ビー玉の大きさが足りずに、吹き出したり、中に入ったビー玉を飲む時に邪魔にならないように止める窪みが機能せず、最後まで飲めなかったり……。

しかし、失敗の繰り返しでも前進しているのだ。

今日もガラス工房にやってきたレティシアに、グレコが何も言わずにサイダーの瓶を渡した。

「もしかして、完成したの？」

ニヤリと笑うケントとグレコ。それに奥にはマイクも座っている。

グレコが顎でクイクイと開けろと促した。

「では、開けるよ」

マイクが木で作ってくれたビー玉を押す玉押しを上に乗せて、掌で押した。

ポンとビー玉が瓶の下に落ち、シュワワワと弾ける音がした。

「では、早速……」

レティシアは瓶に口を付けて、一口。

「美味しい‼　しかも冷たい、それに、炭酸が強め‼　ハードサイダーなのにまろやかでいい。それに爽やかぁぁぁ‼」

三人は満足そうにレティシアが、飲み干すのを眺めている。

「レティーお嬢様に教えてもらった作り方で作ったんだよ。甘くて美味しいだろ？」

マイクがほくほく顔だ。

「見てください」

ケントが新しい空の瓶を持って、マイクの作ったサイダーを入れると、炭酸の作用で、一気にビー玉が上に浮いて瓶を蓋した。これで炭酸が漏れることもない。

「このようにビー玉のサイズもバッチリです」

グレコとケントも鼻高々だ。

「これをハイキング客に売るのよ。そうね、この飲み物の名前は……『プシュっと爽やかシュワワ水』ってどう？」

「「……………」」

グレコとマイクが生暖かい目で見てくる。

「レティー様は、壊滅的にネーミングセンスがないようで……」

ケントが失礼なことを言ってくる。

「確かに私は……」

前世の店舗開発で、お客様から店の名前を考えてくれませんか？と言われ披露した途端に、そこにいた全員に頭を抱えられた経験はある。

「ん？」

もしかして、そういうことだったの？

生まれ変わって初めて知る真実。

「じゃあ、ケントさんは名前の候補はあるの？」

苦笑いしているケントに、レティシアはほっぺを膨らませてツンツンしながら言う。

「そうですね、このルコント領を知ってもらうためには、この領地の名前を入れた方がいいでしょう？」

みんながふんふんと頷いているのを確認して、ケントが名前を発表する。

「『ルコント・ソーダ』とかどうです？」

ガラス工房の皆さんが、一斉に拍手している。

「何故（なにゆえ）『ソーダ』という名前を？」

ケントはもしかして、転生者なのか？　疑うレティシアに、「爽やかな語感を感じて、なんとなくかな？」とソーダよりも爽やかに笑うケント。

負けた……。

『ソーダ』は知っている言葉だったのに、ケントのインスピレーションに負けた。

しょんぼりするレティシアに、マイクが寄り添う。

「ワシは、シュワワ水も良かったと思うよ」

マイクが慰めてくれる。

（うう、マイクさんが優しい。よし、頑張ろう）

マイクの労り（いたわ）で頑張れる気がした。

「では、それで決定です。では、マイクさん、グレコさん、サイダー作りをよろしくお願いします。ケントさんは、あのコート山の看板とお客様に配る滝の名前を書いた地図の用意をお願いします」

みんなの力を合わせて、すぐに山開きよ‼

今日、レティシアは王都に来ていた。

貧乏なルコント伯爵家だが、王都の真ん中に、テラスハウスを持っている。

これは、遠い昔にルコント伯爵家が一番羽振りの良い時に買ったもので、これが一番の資産だろう。

しかし、今は使っておらず、随分と前から空き家で放置したままだ。

祖父がいた頃は、年に一度王都の祭りと会計報告に合わせて、使用人と一緒に来ていたが最近では、そんな余裕もなく、父は一人で暗いタウンハウスに執事と二人で来ていたようだ。使用人を全て叔父が雇うといって、連れていってしまったから、屋敷を掃除する侍女を派遣できない。

二階部分は物置となっているため、埃が溜まっているだろう。しかし、二階はどうでもいい。肝心なのは一階と庭だ。家の前にある庭のようなわずかなスペースが雑草だらけなのが、気になる。

レティシアが王都に引っ越すわけではなく、ここをルコント領のアンテナショップにしようというのだ。

あまりにもひなびたルコントに、わざわざ来てくれる人もいないだろう。ルコントでキャンペーンをしたところで、なんの情報発信もできないために、ここに目を付けたのである。

使っていないなら、ここをルコントの情報発信源にしたらいいと思い付いた。

ケントと手伝いに来てくれた村人数人が、掃除や飾りつけを手伝ってくれている。アンテナショップのような感じで、チラシや『ルコント・ソーダ』、その他にルコントの村人の女性が色とりどりの糸で刺繍したハンカチを棚に配置していく。

さあ、ここから売り込みを開始するぞ、と意気込んだ。

するとすぐに一人の上品な貴族のご婦人、四十歳くらいだろうか……、が入ってきて物珍しそうにソーダを見ている。

「ここは、この飲み物を売っているのかしら？」

ケントがすかさず笑顔で説明する。パン屋にいた頃は、全くなかった笑顔で営業モード。

「ええ、それも売っていますが、奥様、山の滝近くには『マイナスイオン』なるものが溢れていて、それを浴びるととても体にいいというのをご存じですか？」

そう言うと、ケントの手作りのチラシを見せる。

「『ルコント22滝』といって自然の美しい滝が二十二あります。それらを全て回れば、運動にもなり、さらには先ほどのイオン摂取で身も心も健康になりますよ」

現在、レティシアが地道に貴族の皆さんに伝えた『運動不足は体に良くない』が広がり、健康ブームだ。

「まあ、それなら是非に行きたいのですが、ハイキングはドレスでは無理でしょう？」

ご婦人が困った顔で今にも諦めそうだ。すかさず、ケントが言葉を繋いだ。

「ハイキングは、庶民の風情を楽しむように、ご婦人もズボンをはいて山歩きをするのです」

「まあ、ズボンですって？」

あまりの衝撃にご婦人が倒れそうになる。

「ご心配には及びません。これをご覧ください」

ケントが見せたのは、美しい女性が颯爽とズボンをはきこなしている絵姿だ。

「まあ、素敵」

そのモデルはマリーさんで、貴族ではないけれどそれは秘密である。

「ルコントの22滝に行ってみたいわ。主人に相談してみるわね」

「ええ、どうかご検討ください。現地でお待ちしています」

ケントが微笑むと、ご婦人が頬を染めた。……うう一ん、ケントさんの配置はこれで良かったのだろうか？　イケメンを遺憾なく発揮するケントに少し不安が生じたが、始めは何かと話題性がないと来てくれない。

ケントのイケメン営業には目を瞑るレティシアだった。

『ルコント22滝』の最初の観光客は、ケントが初めて接客したあの貴族のご婦人だった。

しかもそのご婦人はドルト伯爵夫人といって、社交界では知らない人がいないほどの、インフルエンサーだったのだ。

一家で運動好きということもあって、ご夫婦と二人のご子息、そしてそれぞれの婚約者も一緒に来てくれた。

六人とも、ハイキングには相応しくない格好で来ていたので、用意してあった庶民の簡素な服に着替えてもらう。

そして、二十二番目までの滝の名前が書かれた地図を渡した。ほぼ一本道で、間違えようがない。それに加え、村人総出で矢印の看板も付けてくれたので、迷いようもない。それでも、初めてのお客様が迷ったらどうしよう、怪我をしたらどうしようとレティシアのそわそわが、まだ出発前だというのに止まらない。

『ルコント・ソーダ』を届けに来たマイクに、「大丈夫だ、落ち着いて待っていろ」とワシワシと頭を撫でられようやく落ち着いた。

準備ができた伯爵家御一行様は、護衛四人と侍女五人の全部で十五人分の入山料、その他諸々を支払って出発した。

入山料大人一人：五百レニー

服一式レンタル料：千五百レニー

ルコント・ソーダ一本：二百レニー（瓶を返却すると百レニー返金する）

普段歩きなれていない女性でも片道二時間のハイキングコース。

ゆっくりと滝を眺めても、四時間で帰ってくるはずが、なかなか帰って来ない。

レティシアはしびれを切らして、捜しに行こうとした。

ちょうどその時、ドルト伯爵夫人たちが帰ってきた。

ドキドキの評価発表。

最初に口を開いたのは、伯爵夫人だった。

「この『ルコント22滝』は素晴らしかったわ。あまりの景色の良さに、絵を描きたくなって写生をしていたの。だから私だけ、今日は八つの滝しか見られなかったのよ」

　夫人はとても残念そうだ。

「僕たちは全部見たよ。レースの滝は繊細な滝で、最後の滝は二つの滝が流れていて、一本が大迫力でもう一本は優しい感じで綺麗だった」

「本当に『夫婦滝』という名にぴったりの美しさでしたわ」

　息子と婚約者がウットリと思い出していると、夫人が、

「まあ、次は絶対に最後まで見るわ」と意気込んだ。

　この伯爵夫人が、次のパーティーで自慢げに、「◯◯奥様は、もうルコントの22滝をご覧になりまして？」と大いに宣伝をしてくれたお陰で、大盛況になるまでに、時間は掛からなかった。

　しかも、おまけの出来事が……。

　恋人と来たお客様が、すぐに結婚して幸せになったことから、ルコント滝の二十二番目の最後の滝である『夫婦滝』を二人で見たカップルは、幸せになるというジンクスが生まれ、さらにルコント22滝は人気になった。

新しい町づくり

レティシアが領主になって半年が経ち益々精力的に働いている。

しかしここで、問題が起きた。

ルコント領の北部では、水路が機能し小麦畑が広がっている。

さらに、「ルコント22滝」があるのも北部で、その収益は領主と、従業員が全て北部の者だったために恩恵があるのはその関係者に限られるのだ。

しかも、最近観光客が南部のルドウィン町を通り過ぎて、全てオルネラ村に向かう。

初めルドウィン町の者は、『子供のやることだ、いずれは失敗するだろう』と冷ややかな目で見ていた。

だが、観光客は増える一方。

なぜなら、小麦畑の水路に和風の水車を作り、土産物のお店や食事処や旅館も和風な建築物が増え、オルネラ村は劇的に変化していたのだ。

すると、異国情緒溢れる観光地と健康に良いハイキングも楽しめる村として、一気に有名になっていた。

オルネラ村が観光地として人気になればなるほど、ルドウィン町の不満が溜まる。

そのうち、『子供領主は、オルネラ村を贔屓にして、ルドウィン町を捨てるつもりなのか？』と不平不満を口にし始めた。

前まではオルネラ村も、ルドウィン町も同じように貧しかった。

そしてお互いになぜか、いがみ合っていて、『貧乏で暗くて付き合い辛い人種』だと悪口を言い合っていたのだ。

それなのに、今やオルネラ村だけ突然観光客が増え、裕福で明るくて幸せそうに笑っている。

ルドウィン町の怒りの矛先は、自然とレティシアに向けられた。

そこでレティシアは、ルドウィン町の怒りが大きくなる前に、全員を集会所に集めて、彼らの意見を聞くことにした。

集まった彼らは、不満げな表情を隠そうともせずレティシアと向かい合っている。

初めに口を開いたのは、マリーとケントの父であるパン屋の主人のジョージだ。

「領主は、分け隔てなく領民に対峙してほしい」

すると、その言葉で調子に乗った人々が愚痴を言い出し、子供のレティシア相手にオルネラ村を贔屓していると糾弾しだした。

それに対してキレたのはケントだった。

ケントは店主たちを睨む。

「全くいい大人が雁首揃えて、何を言ってやがんだ‼」

ケントは初めこそ、話を大人しく聞いていたが、あまりの身勝手な言い分に腹を立て怒鳴った。

ケントの父は商店街の取りまとめ役。その父に向かってケントは、吼える。

「レティシアお嬢様は、みんなにまずは接客態度を改めないかと、何度も言っていたじゃないか。それに親父にもパンのことで提案してもらってただろう‼　おい‼　そこのレストランも宿屋もレティシア様が改善案を出してくれてたのに、無視してたのはお前らだろうがっ‼」

ケントが店主を睨み付けながら見回すと、俯いたり、目を逸らしたりと気まずそうにする。

「ケントさん、まあまあ、落ち着いてください。今日は話し合いで集まっていただいたのですから」

まだ、フーフーと噛み付こうとしているケントにレティシアは「ね？」と首を傾けて、落ち着かせた。

「……はい、分かりました」

納得半分、不満半分と渋々座るケントに、苦笑いする。

「では、お話よろしいでしょうか？」と仕切り直すレティシアの態度に、店主が緊張する。

子供の言うことだと侮っていた結果、レティシアは自分たちの町を諦めたようにオルネラ村に通い出したのだ。

その時でも、町の人々は、荒れた土地が良くなるなんて思わずに、いつレティシアが諦めて通うのをやめるかを面白がって見ていた。

そのレティシアのやることに、オルネラ村の人々が手助けし始めた時も、大笑いしていたのだ。

ところが、水路ができて農地がみるみる増え、何もなかった山が観光地になり、人が押し寄せるまでになっている。

いつの間にかオルネラ村の人たちは暮らしも豊かになって、笑い合っているではないか。

焦った町の店主は、なんとかレティシアにこの町も変えてほしいと、懇願するつもりで集まったが、最初に謝るのではなく不平不満を口にしてしまった。

「皆さんは、ここに何をしにいらしたのでしょう？　自分たちの町を良くしたいとここに集まったと思っていたのですが……。そうではなく、私への不満を言うための時間に使うつもりならば、私は帰らせていただきますよ？」

レティシアは微笑んでいる。だが、その瞳は決して笑ってはいない。

冷静に見極めようとしていた。

その瞳から発せられているのは子供の出す空気ではない。人を見極めた大商人の目に似ている。

この領主は、子供だが……子供ではない。

自分たちが下に見ていい相手ではなかったのだと、ここで痛感する彼ら。

「す、すまねえ。領主様を子供だとバカにしてたのは、本当に悪かった。これから、俺たちは領主様の元で、この町を変えたいと心から思っている。どうか……どうか俺たちに力を貸してくれ」

ジョージが願い出た。

だがケントがすかさず、ダメ出しを入れる。

「親父、『力を貸してくれ』じゃない‼　『力を貸してください』……だろ？」

再びパン屋の店主が言い直す。

「ウッ……俺たちに力を貸してください」

そして、集まった他の店主一同、深く深ぁーーく頭を下げた。

「はい、もちろんですわ。だって、皆さんは私の大切な領民ですもの」

レティシアがにっこり笑い、このルドウィン町も、ようやくスタート位置に立ったとほっとする。

「では、皆さん。鉱山があるわけでもなく、広大な土地があるわけでもないこの領地ですが、とても良い点がありますわ」

レティシアのナゾナゾに首を捻る店主たち。

「うふふ、それは王都から、いい距離で離れていることです。それで、この領地に二つ目の観光地を作ろうと思っていますの」

益々首を捻る店主。

「一つはオルネラ村の『和風』と言っても分からないけれど……、大自然と心落ち着く異国情緒溢れる村。そして、南部では全く違う異文化的な町を作りま～す」

人差し指をピッと立てるレティシアに、「うーん」と唸る人たち。

「その、『わふう』と違う感じとは、どんな町だ？　俺たちの町は今のお洒落な石積ではなく、木造の古い町だぜ……町です」

宿屋の店主がケントの、射殺すような眼力に震えて言い直す。

「木造の町を生かした、その名も『ウエスタン』ですわ‼」

「「うえすたん？」」

初めて聞いた店主たちは、一斉に聞き慣れない言葉をハモった。

レティシアは、西部劇で見た町並みの絵を、店主の目の前に掲げる。

「うおおーー」

「なんか、分からんが、格好いい町だな‼」

「木造だが、王都よりも格好いいじゃないか」

評判は上々。

レティシアはケントをチラッと見て笑う。この絵はケントとレティシアの共同の力作だ。

レティシアがケントに必死で伝え、ケントは見たことのない『西部劇の町』を、この町に馴染むように描いたのだ。

新しい町の絵に、南部の店主たちが盛り上がっている。

だが、彼らは知らなかった。

レティシアの完璧な『ウエスタン』な町づくりのために引きずり回されて、悲鳴をあげるのは……そう……明日からだということを。

この日の朝、第二王子であるエルエスト・ラシュレーは再び人事課の前でレティシア・ルコントの名前を聞いた。

人事課のパスカルが、レティシアの叔父のヤニク・ワトー男爵の手紙を読んでぶつぶつと文句を言っていたのだ。

「まだ、レティシア・ルコント伯爵を侍女にしようと試みているようだが、彼女は領地を立て直し、これだけ話題になっているのに、なぜ気が付かないのだろう？　ワトー男爵という人物は信用するに値しない男のようだ」

パスカルが吐き捨てるように言い、手紙を部下に手渡して内容を見るように促した。

「ワトー男爵は金に汚い男だと聞いていますが……。九歳の少女にしてやられたことも気が付いてないなんて……」

失笑する二人の会話にエルエストが聞き耳を立てていた。

立ち聞きとは良くないが、経営破綻寸前の領地を、九歳の少女が立て直したとは本当なのだろうか？

エルエストは真相を確かめたくなったが、王子がわずかな護衛を連れてこっそりと見に行くなんてバレたら怒られそうだ。脳裏に自分の父である国王の顔がよぎる。

「まあ、何も知らない令嬢が領地を経営しているなんて、真実ではないだろう。行ってみたら、傲慢な令嬢が領民を奴隷のように、こき使っているかもしれない。噂の令嬢の真実を暴いてやりたいがどうしたものか？」

貴族の女に対して、嫌悪感がこびり付いた頭では、到底信じられずに思い悩むエルエストだった。

◇□　◇□

朝からパン屋の親父と精肉店の親父とレストランの親父が、レティシアの説明に冷や汗をかいている。

「さっきも言いましたが、『ウエスタン』には名物が必須です。新しい名物を作るために三人の力を貸してくださいね」

レティシアの貸してくださいは任意ではない、強制である。

まずパン屋の店主ジョージには、ハンバーガーのバンズ作りが課せられた。食べたことのないハンバーガーに、ジョージの苦悩は始まったばかりだ。

そして精肉店の店主には、ミンチを作ってほしいと頼む。

これも、肉を細かくする理由が分からないと言うので、ハンバーグを作って食べさせると、やっと前向きに取り組んでくれた。

最後に、レストランのベルナンドに、店でハンバーガーを出してほしいと頼んだ。

だが、ずっと高級料理店を目指していた彼の店には、銀食器が並び、どうもハンバーガーには抵抗がある。

「こんなにでっかくして、どうやって食べるんだ？」

バンズ＋レタス＋トマト＋パティ＋チーズの縦に大きく口を広げても入らないハンバーガーは、誰も見たことがない。

ベルナンドの困惑は理解できる。

（大口を開けて食べるなど、紳士淑女の皆さんはしないかもしれません……。だが、美味しい物を前に、みんなかぶり付いてしまうはずよ）

みんなの反応を確かめながら、レティシアが食べ方を見せた。

「こうして、大きく口を開いて……たふぇればいいのれふよ……むしゃむしゃ。……ゴックン……ああ、パティが硬いわ。改良の余地ありね。バンズも……」

レティシアが実演するが、ベルナンドはこのハンバーガーがお貴族様の人気メニューになるとは、到底思えないのだ。

ここで、ベルナンドの息子のマックスが、手を挙げてくれた。

「俺が、そのハンバーガーを売る店を出してもいいですよ。親父の今までのスタイルを壊すのは忍びないし……。それにやってみる価値はある」

――マックスは三十歳で、明るい感じがファストフード向きだ。

しかも、彼が店の名前まで考案してくれたのだが、『マックスナルト』にするらしい。

実にいい、名前だ。チェーン店ができそうな気がするのはなぜだろう？

ハンバーガー店はマックスに任せるとして、ベルナンドの店はステーキとハンバーグの店にしてもらえないかと、頼むと、これは二つ返事で了承してくれた。

西部の町並みが一軒一軒、揃ってきた。

さあ！　そろそろ、あの研修を始めよう。

店主をはじめ従業員が全て集められ、レティシアたっての研修が始まった。

「いいですか？　皆さんには全く足りない物があります。それはなんでしょう？　そこのあなた！」

レティシアに指を差されたホテルのスタッフが、目を泳がせながら「えーっと、技術？」と当てずっぽうに言ってみる。

「違います。あなたたちに足りないもの。それは笑顔です！」

どーんと指差して言ってやったつもりだったが……。

誰も納得していない顔だ。

（こんな簡単なことから始めないといけないなんて……、スマイル０円のスタッフを見習ってほしいわ‼）

レティシアは挫けそうになるが、始まったばかりだ。

「挨拶は笑顔でっ‼　『いらっしゃいませ』ニコッ。こうよ。分かった？」

「あー……いらっしゃいませ……」

「いらしゃい……うっす」

「はあ……いらっしゃい……」

（――ぬううう。挨拶一つまともにできんとは‼）

初めての笑顔で挨拶は恥ずかしいのだろうと、レティシアは根気強く教えた。

そのうち、笑顔で接客ができる人が増えた。だが、三人ほど全くできない人たちがいる。否、できないのではなくやる気がないのだ。特に、この町に一軒しかない宿屋のフロント係のコーリンが酷かった。

コーリンは三十八歳男性。赤髪で笑えばそこそこイケオジなのに、言葉遣いも態度も悪い。

宿屋の総支配人のフレイムは、とても柔軟な考えの持ち主なのに、このコーリンは「なんでこっちが面白くもないのに、笑わなくちゃなんないんだ？」と言うから、接客業から足を洗えと怒鳴りたい。

「ほほーう、子供の私ができて、あなた方ができないなんて……もしかして、お金儲けを舐めてます？」

すうーっと目を細めて言うが、「なんで笑う必要があるんだ？」としつこい。

前世の業務に、オープニングスタッフの指導も含まれていた。

中には高校生のバイトで、挨拶ができない者もいたが、彼らは恥ずかしがっていただけだ。

だがしかし、ここの人たちは、なぜ笑って挨拶をしなければならないのかが分からないのだ。

理由が分からない人に伝えるのは、難しい。ならば実践あるのみだ。

「では明日、王都のルコントのアンテナショップで、笑顔のスタッフと無愛想な人たちで、商品を売ってもらいます。どちらがたくさん売れるか競ってください」

レティシアの案に、ケントが声を潜め、こそこそと話す。

「いいのですか？　あそこはルコント領の宣伝をする場所なのに、王都の皆さんに悪い印象を持たれてしまいますよ」

せっかくレティシアが頑張って宣伝し続けていた大切な場所を、頑固オッサンたちのために壊してしまうのではと、ケントはレティシアを止めようとした。

「うふふ、今は一時でも時間が惜しいのです、王都など行きませんよ」

「え？　でも今、王都に行くと……」

ケントが首を傾げるが、レティシアは笑うだけで、答えてくれない。

まあ、いいか。レティシアお嬢様のことだから、作戦があるのだろう。

ケントはもう、レティシアのことは見かけ通りの子供だとは思っていない。それならば、レティシアが何をするのか、楽しみにすることにした。


次の日、朝早くから、幌馬車に乗せられた従業員たちは、六人。

挨拶上手チームの三人と、コーリンをリーダーとした挨拶できない困ったちゃんチームの三人とレティシア、ケントの八人で幌馬車に揺られて王都へ向かっている。

ルコント領を過ぎた辺りで、パラソルの下で水を売っている商人が二人、並んで商売をしていた。

水を売っている二人は、商売敵なのだろう。一人はパラソルの色を赤色に、もう一人はパラソルの色を青色にして、それぞれ少し間を空けて水入りボトルを売っている。

喉が渇いたレティシアがコーリンに、水入りボトルを二本買ってきてと頼んだ。

「仕方ないな」と面倒臭そうに、幌馬車から降りて、買いに走った。

帰ってくると、レティシアが挨拶できないチームの二人目に「もう三本、買ってきてほしい」と、頼む。

渋々買いに走った挨拶できないメンバーが戻ってくると、レティシアはその三本の水を挨拶上手チームの三人に配った。

「おいおい、俺たちの水はないのか？」と、コーリンが驚いている。

白々しくレティシアが「まあ、うっかりしていたわ。では、もう三本買ってきて頂戴」と挨拶できないチームの三人目に、お金を渡した。

「……全く……分かりましたよ」

と、怒りながらも三人目は腰を上げて買いに行った。

三人目が幌馬車に乗り込んで座ると、レティシアが「皆さんの持っているお水のボトルの上に付いている紐は何色ですか？」と、唐突に尋ねる。

皆が持っているボトルを見ると、赤色の紐が付いていた。

「この赤色の紐が、どうしたのですか？」

コーリンが、怪訝な顔をする。

だが、すぐに気が付いた。

「そうか、俺たちは赤色のパラソルの人からボトルを買ったんだな」

「なぜだか、分かったかしら？」

レティシアが悪戯っ子のような顔つきでいる。

「あれ？　そういえばなぜだろう……？」

水を買いに行った三人が、首を捻り考えた。

三人とも水を買いに行った時のことを思い出し……お互いの顔を見る。

「そういうことか……」

挨拶できないチームの一人が言うと、コーリンが「これはやられた……」と呟いた。

訳が分かっていないケントと挨拶できる子チームの三人は、キョロキョロと挨拶できないオッサンチームとレティシアを交互に見る。

「えーと簡単に説明すると、あそこで水を売っている二人には、大きな違いがあります。一人はブスッとして、無愛想に立っててもらいました。もう一人はニコニコ笑顔で「いらっしゃーい」と声をかけてもらったんです」

ここまで言えば、幌馬車に乗っている全員が理解した。

「そうだ、確かに俺は、青のパラソルの奴は無愛想で、無意識にそっちを避けたな。つまり、俺たちも笑わないと、他の領地に客を取られるということだな……」

コーリンもそこは渋々認めてくれた。

「だがなー……。できないんだよな……あんなに満面の笑みってのが辛いんだよ……」

コーリンがワシワシと頭を掻いて落ち込んでいる。

「まあ、私はニヒルな三十八歳にそれは望んでませんわよ。それこそ、『ふっ』と格好良く微笑んでくれればいいのです」

コーリンが真顔から、少し考えてちょっとだけ微笑む。

「いらっしゃいませ（にこ）」

コーリンは、町に帰って早速笑顔を実践してみる。すると、その笑顔に超絶反応をした人物がいた。

喫茶店経営の色気ムンムンの黒髪の四十四歳、ノリーさんだ。

「ちょっっ‼　それいいじゃない。その笑顔で立ってたら、ホテルのフロントが渋滞ものよ」

ノリーさんに太鼓判を押されまくりのコーリンさん。

イケオジは笑顔を習得したようで、もう挨拶の研修は卒業です。

ルコントのルドウィン町の建物は、木材で建築されているが、木は縦に組まれてその間に漆喰がある。

和風建築と似ているが、デザインが違うと全く別物だ。レティシアはその縦の木造を横にして、ウエスタン調に変えたいのだ。しかも、全ての店舗の前にデッキを作りたい。そのためには大量の材木が必要だ。だが、そんな矢先に材木を安く売ってくれるはずだった商人から、断りの手紙が届いた。

とある公爵様が、我がルコント領地の和風の建築物がお気に召して、よく似た建物を公爵邸の一部に建築することになったというのだ。

もちろんあちらが示した金額の方が、高い。

まだ、契約前だったことで、簡単に口約束は反古になった。

ここまできて、ウエスタン調の町を諦めなければいけないのか？　それだけは嫌だ。ルドウィン町の人々が力を合わせて頑張っている今なんとか成し遂げたい。

でも、材木もお金もない。故に町づくりが完全にストップしてしまっていた。

「はあああ……」

長いため息をつくレティシアを、オルネラ村のマイクが、心配そうに見ている。

「レティーお嬢様、何か心配なことやら、うまくいかんことでも？」

マイクが、昨日から元気がないレティシアに『ルコント・ソーダ』を渡しながら心配そうに尋ねた。

「コートの山には木があるけど、自然を目当てにたくさんの観光客が来ているから、木を切りたくないの。もっと奥に行けばあるけど、そこは国の土地で手は出せないし……」

貧乏なルコント領主に、お金を貸してくれるところなどない。

二人で会話もなく、ソーダを飲んでいた。

しゅわしゅわと弾ける音だけが、聞こえる。

二人に爽やかな風が吹き抜けた。

「このルコントの土地は好きだわ。山はあるし、海もある。まだ、海岸線の整備はしてないけど……」

父から引き継ぐまで、このルコントの領地のことを分かっていなかった。

他の領地は華やかで羨ましいと思ったことは何度もあった。だが今は、この領地が好きだと大声で言える。

レティシアの発言に、マイクが考え込んだ。

「先日、滝を見に来たお客さんに、難破船が漂着して苦労していると聞いたな……。あれは……確か……そうじゃ、お孫さんがとても賢い方での、わしに、勉強を教えてくれたんだった」

マイクが懐かしそうにうんうんと言いながら、脳みその奥にしまった貴族との会話を、引っ張り出そうとしている。

「おお、そうだ‼　ドーバントン公爵様だと仰っとった」

「ええ⁉　公爵様がこの領地に⁉　……って、その、ドーバントン公爵家が、私の材木を持っていってしまったのよ‼」

　まさかの、公爵様がこの領地に足を運んでいただいていたなんてと驚くが、材木を横から奪われてしまったことは、恨めしい。

　ドーバントン公爵に悪気があったわけではないと分かっている。ちょうど探していたら、契約前の安い材木があったというだけだ。

（今さらながら、ボヤボヤしていた自分に腹が立つわ‼）

　レティシアが両手の拳に力を入れた。

「レティーお嬢様、そうじゃなくてだ」

　マイクは、話が逸れていくレティシアの会話の軌道を元に戻し、引き続き話す。

「公爵様にとって難破船はごみでしかない。だが、船は木でできている。つまりきっと硬材も軟材も両方の木材が取れるかもしれない。早々に見に行ってはどうかの？」

　いきなりの話で、レティシアの頭が止まるが、すぐに回転しだすと目を輝かせた。

「マ、マイクさん‼　良い情報をありがとう」

　レティシアは立ち上がると、「では、行ってきます‼」とソーダの瓶を片手に、走り出していた。

「やれやれ、我がご領主様はいつも走り回っておるの。レティー様はああでなくてはいかん。さっきみたいにしょげているのは、見てるこっちが辛いからのぉ」

元気になったレティシアの後ろ姿を見て微笑むマイクだった。

マイクから貴重な情報を得たレティシアは、ケントを連れて早速、難破船を見に行った。

難破船は船体の横に大きな穴が開いていた。船としてはもう使えない。

だが、木材としての価値は十分で使えるものだった。しかし、金持ちのドーバントン領地では領民でも良い木材を使って家を建てているため、海の藻屑前の船はごみでしかないようだ。

だが、そのごみも、貧乏領主のレティシアには立派な宝である。

(くううう、流れ着くなら我が領地に来てくれれば良かったのに……)

難破船につい愚痴る。

現物を見たレティシアは、すぐにドーバントン公爵にお目通りの手紙を持って、領主自ら訪れた。

「すみません、この手紙をドーバントン公爵様に早くご覧いただけるように、取り計らってください」

どうぞ、よろしくお願いしますと門番に頼み、公爵邸を後にする。

帰るために乗り合い馬車を待っていると、ドーバントン公爵の使いの人がわざわざ乗り合い馬車の停留場まで捜しに来てくれた。

使用人に連れられて、再び公爵邸に戻る。

さっき、門で見た屋敷は一部分だった。やはり公爵家の家はスゴかった。

前世で見た大都会の駅前百貨店が軽々二つ分。お庭も広大な広さで、この庭の手入れをするのに、どれくらい庭師を雇っているのだろうと気が遠くなる。

そんなお屋敷の中に一歩入ると、雲の上を歩いているのか？と勘違いするほどのふわっふわの絨毯が敷き詰められていた。

（私の布団よりもふわふわじゃないの。はあーここで寝てみたいわ）

あまりの気持ちの良さに、気を抜くとごろんと寝そべりそうになった。金色に縁取られた窓枠の一つひとつには金箔が貼られているし、廊下に飾られている壺の大きさは、レティシアの背丈くらいのものばかり。ゴージャスという言葉でもまだ全然足りない。

その豪華さを形容できる言葉の持ち合わせがなくて、ごめんなさい。

レティシアが誰に言うでもなく謝る。

重厚なドアが開かれると、その奥のソファーに厳めしいお顔の初老の男性が座っていた。

「手紙を見せてもらったよ」

深みかつ威厳たっぷりの声に、レティシアの背筋が伸びた。

「初めてお目にかかります。この度ルコント領を引き継ぎました、レティシア・ルコントと申します。どうぞお見知りおきくださいませ」

カーテシーでお辞儀をする。

久々のドレス。しかも貴族のようなお辞儀。貴族なのだが、近頃では忘れていることが多いのも事実で。

「ほほう、聞いてはおったが、本当にまだ九歳だったとは」

不躾にじろじろ見るものだから、この公爵様、実はロリコンではなかろうなと疑いたくなる。顔は笑顔で踏ん張っているが、背中は汗でだらだらだ。

「君の父上のことは聞いていたよ。叔父の男爵が君の後見人に名乗りを上げたようだが……そうか追い払ったか？」

「はい、私が責任を持って領地の経営に携わっていくことで、立て直せると思ったからです」

少し目を見開く公爵様。

「ほほう、たかるハエは早めに追い払った方がいい。君の選択は領地の様子を見ていると正解だったようだね」

叔父様、「ハエ」扱いされてますよ。

公爵の比喩に吹き出しそうになるが、本題までに本性をばらしてはいけないと、顔を引き締めた。

「では、本題に入るとしよう。君の手紙には、難破船を引き取りたいと書いてあったが、あんなものをどうするつもりだ？」

ここは策を労してもうまくいかない。素直に話す方がいいだろう。そう判断したレティシアは、真っ直ぐドーバントン公爵を見て、できるだけ子供らしく素直な言葉で話した。

「船からはたくさんの木材が取れます。それを今ある建築物の外壁に使いたいのです」

「ほう。そんなに多くの木材が必要とは、多くの建物に使うのだな？」

「まだ、計画段階で詳しくお話はできませんが、ルコント22滝のような観光地をもう一つ作ろうと思っています」

ドーバントン公爵の目が、鋭く光る。

「それは、どんな構想なのかな？　建物はどんな感じにするつもりなのかな？」

（そうですよね……気になりますよねぇ。でもまだ内緒にしておきたいんですよ……）

「どうぞ、オープンには一番にご招待させていただきますので、是非来てください」

子供ならば、こんな時に無邪気に乗り切れるから便利だわ、とレティシアは、無垢な笑顔を公爵様に向けた。

「コート滝の村の建物も、君が考案したと聞いている。今度も同じような建物を考えているのかな？」

（あら、公爵様ったら子供相手にグイグイ来られるのね）

「うふふ、全く違う建物ですわ。まだ、構想は私の頭の中にあるので、お見せできないのが残念です」

「ううむ。そうか、それは残念だ。だが、オープン後落ち着いた頃を見計らって招待をしていただこう。それまで楽しみに待っていよう。それと、君の村の建物を模した離宮をここに建てようと思っているのだが、良いだろうか？」

「もちろんです。公爵様の敷地に建てられた和風建築が、身近に見られるとあれば、またそれも広告になりますもの。和風の詳しい間取りをお伝えしましょうか」

建築様式には特許がない。なので、ここはごねても仕方ないし、公爵家に建てられたなんて、良い宣伝になる。

「そうか、ありがとう。それなら、お願いしようかな。そのお礼と言ってはなんだが、難破船をルコントの浜辺に我が船で曳航しよう」

「え……？　あ、ありがとうございます‼　でも、どうしてそこまでやってくださるのでしょう？」

「孫娘は勉強嫌いでね。困っていたのだ。それがあなたの領地にいた老人に、文字を教えたところ大変感謝されて嬉しかったようなんだ。しかも、今度行く時に勉強を教える約束もしたというのだ。それからの彼女は嬉しそうに勉強をしているんだよ」

それはマイクが言っていた女の子のことだと分かった。

それだけのことで、領地まで運んでくれるなんて、人生どう転ぶか分からないと、レティシアは思う。

（本当のところ、難破船をどうやって持って帰ろうか、それが悩みの種だった。お金を支払って運ばなければならないと考えていたが、公爵様が言ってくださるなんて……。ありがたい～。

私、絶対に公爵様の方角に足を向けて寝ないことを誓います‼)

これで、ウエスタンな町づくりに、また一歩近付いた。

◇□　◇□

ドーバントン公爵は約束通り、難破船をルコント領の南の海岸まで運んでくれた。

だが、ルコントの海は遠浅で、浜辺近くまでは運べない。

だから、海の砂浜をチャプチャプと歩きそこから陸地まで運ばねばならない。その作業が大変だった。

オルネラ村の人には、畑とルコント22滝に来るゲストをもてなす観光業があり、こちらに手を割いている暇はない。

そうなれば、残りの領民で手分けして船から木材を切っては運ぶ、を繰り返すしかない。

レティシアも時間を作っては、ズボンの裾を捲って、海に入り運ぶのを手伝った。

毎日少しずつ船体を切り、運びを繰り返していた。

永遠にこの作業が続くのではと思われたが、徐々に船体が軽くなり、南部の領民で引っ張って陸地に運んでくることができた。

そして、全ての木を運び終えたのが、一ヶ月後のことだ。

ここから、町づくりが急ピッチで進む。木を切る者、ペンキで塗装する者、建物に張っていく者。分担作業で、どんどんとウエスタン調な町が出来上がってきた。

だが、全ての建物の内装もウエスタン調に改装するので、建物の前面はウエスタン調だが木材が足りず、裏から見れば、まだ以前の感じの建物である。

いつか、この領地が大金持ちになった暁には、全ての建物を改装するつもりである。

西部劇の町そっくりになってきたが、まだまだ足りない。やはりここにも何かこの町独自の物が欲しい。

ハンバーガー、ステーキ、喫茶店もカウンター式を採用。

両サイドに二十軒ずつのお店。

すっかり出来上がった町だが、やはり違和感が……。

……何かが違う。町はすっかり西部の町なのに、何かがおかしいのはなぜ?

町がなんとなくぼやけている理由。

「あああ！！！　そうだ‼　服が違うわ。やっぱりこの町に合う服は、ウエスタンシャツにジーンズ、それにガンベルトとカウボーイハットよね。これが無いとしまらないわ」

町の洋服店に掛け合うと、デザイン画を持ってきてほしいと言われ、意気揚々と描き上げた。

すぐにそれを持っていくと、仕立屋の情熱がメラメラと燃えたぎったようで一目見るなり、

「任せてください‼　お嬢様のご依頼の洋服をお作りしましょう」と鼻息荒く、作業に没頭し始める。

本来は、お店の従業員はきちんとした制服なのだが、カウボーイスタイルをコスチュームに変えた。

これだけではまだ足りない。

観光地としての、催し物を考えなければ。

着々と変わる町に、意気揚々とレティシアは屋敷に戻った。

不審人物（王子）が領内にやってくる

レティシアは一日中女性たちとチラシを作っていた。輪転機もコピー機もないこの世界でチラシを作るのは手書きである。何枚も何枚も手を真っ黒にして作っている彼女たちを見て思う。ここまで頑張ったのだから、絶対に成功させたい。

「オルネラ村はだいぶいい感じに観光地化も進んできた。このルドウィン町もそれに続きたいけど、何か爆発的な宣伝力が欲しいわね」

レティシアは、悩みつつ屋敷の前まで帰ってきた。

すると怪しげな灰色の前髪で目を隠した、年の頃はレティシアより少し年上くらいの男の子が屋敷の中を窺うように立っている。

不審者にしては、堂々と門前でうろうろしているではないか。

（見かけない子ね）

少ない人口の領地を、縦横無尽に駆け回っていると、知らない領民はいないはず。

レティシアは、はっとする。

（この子はきっと親にも見放され、行く所がなくて困っているのではないか？　よく見たら手も荒れて……？　荒れてないわ。むしろ、汚れ仕事などしたことのないような美しい手。ならば、貴族の庶子？　だとしたら見捨てられて、ここに来たのかしら？）

「ここは、ルコント伯爵の屋敷ですが、何か用ですか？」

レティシアが声をかけると、男の子はビクッと跳ねた体をこちらに向けた。

そして、レティシアの服装（泥とペンキのついたオーバーオール）を見てほっとしている。

「私は用というわけではないのだが、ここにいるレティシア嬢とはどんなご令嬢なのかと……」

親に追い出された子供ではなさそうだとレティシアは安堵した。

「ああ、そういうことか……。どうぞ、入ってください」

男の子が恐る恐る足を踏み入れる。

レティシアが思った通り、男の子はレティシアに続いて敷地内に入れた。魔法が掛かったこの屋敷には、レティシアへの悪意を感じ取ると、入れない仕組みになっている。彼がすんなりと入れたのは不穏な思惑のない証拠である。

「ああ、ちょっと待ってて。帰ってきたらやることがあるから」

そう言うとレティシアは、厩舎に向かい、掃除と餌と水やりをすませる。そして、お庭とは名ばかりの菜園に水を撒いていく。

エルエストは目の前の女の子が、ちょこまかと働くのを、感心して見ていた。

彼女の他に侍女はいないようだ。それならば、レティシアという女は侍女一人働かせて、賃金を安くすませようとしているのか？　エルエストはそう勘違いし、走り回る女の子に同情する。

「ねえ、他に侍女はいないの？」

「ええ、侍女はいませんね」

「……ちゃんと給料はもらっているの？」

「うーん、今のところはタダ働きですね」

「やっぱりだ‼　こんなことだろうと思った‼　君はここを辞めるべきだ‼」

エルエストはレティシアが持っていた桶を手から奪い、手を引いて門へ向かう。

「ちょ、ちょっと待って？　どうしたの？」

「君はレティシア・ルコント嬢に騙されているんだ」

「ほえ？」

レティシアは驚きのあまり、変な声が出る。

ここで、レティシアは状況が飲み込めた。

「えーと……私がそのレティシアなんだけど……」

「へ？」

今度はエルエストから、おかしな声が漏れた。

レティシアは引っ張られている手を、振りほどきエルエストと向き合う。

「私がレティシア・ルコントよ。ここには侍女はいない。私が一人で生活をしているの」

「君が？　貴族？　令嬢？」

エルエストは目の前のオーバーオールの女の子をじっと見つめる。

「そうよ。ところであなたは誰？」

レティシアに急に質問をされて、エルエストは戸惑う。

想像の斜め上を行く状況に、いつも用意している答えが、頭のどこかに飛んでいった。

「えっと……俺は王宮で……」

「王宮で？」

「人事課のパスカルさんの……」

「人事課のパスカルって人の？」

しどろもどろなエルエストに、レティシアが間髪を入れずにオウム返し攻撃を繰り出す。

「えっと以前、王子宮の侍女候補に挙がっていた君を心配したパスカルさんに、様子を見てこいと言われてきたんだ」

それらしい嘘を思い付き、エルエストは一気に捲し立てた。

だが、その苦しい言い訳にレティシアは納得する。

「ああ、それはきっとワトー男爵が勝手に提出したのね。では、そのパスカルさんに、王子宮で働く気はないって言っておいてください」

レティシアのあっけらかんとした答えに、エルエストはなんだか自分が否定された気分になる。

「王子宮には、王子が二人もいるけどいいの？　侍女になれば傍で見られるよ」

「はぁ？　王子様を見るよりも、こうしている方が好きなのよ」

レティシアはそう言うと、桶を拾って畑の雑草を抜き出した。

手を動かすレティシアの隣で、信じられないとばかりにエルエストが突っ立っている。

王子よりも雑草の方が好きと言われたようで、胸がもやもやするのだ。

「ねえ、報告をしに王宮に戻るにしても、今日は遅いわよ。うちに泊まる？」

衝撃的な誘いに、硬直するエルエスト。

（つれない態度からの誘惑なのか？）

エルエストの胸中は、激しく上がり下がりしている。

しかし、レティシアは全く通常運転。

「恥ずかしい話だけど、私の領地は貧乏すぎて、王都までの定期便の馬車もないのよ。だから、歩いて帰るには夜になるわよ」

レティシアが、単に心配して言ってくれているのだと理解した。

いつものように誘われたのかと勘違いしたことが恥ずかしすぎて顔が赤くなる。

「……じゃあ、そうさせてもらうよ」

エルエストは恥ずかしさを隠して、冷静さを装った。

屋敷に入ったエルエストは驚く。

伯爵家だというのに、本当に使用人は一人もいない。しかも食堂にベッドや机、書斎全て詰め込まれているのだ。

そして、驚くほどたくさんの資料が積み重ねてあり、レティシアはその書類に恐ろしい速さで目を通し始める。

「ごめんなさい。これを見たら食事を作るからその辺に掛けてて」

ええっと……。

座るといってもどこに？と戸惑うエルエストが見回すが、散らかった部屋に座る場所などない。

エルエストはソファーの上に置かれた本や帳簿を除けると、そこにできた隙間に腰を掛けた。

レティシアが書類に集中しているので、隠れるようにこそこそと『今日はルコント伯爵の屋敷に泊まる』と、メモを書く。

少し窓を開けて、フッと息を吹き掛けるとメモは小鳥の形になり、近くで待機している護衛へと飛んでいった。

その後、難しい顔で帳簿を見ているレティシアを、じっと見ていた。

その時、レティシアが「終わったー」と長いため息をつくと、ふと顔をエルエストに向けて微笑む。

　この時、エルエストの心臓がぎゅっと誰かに掴まれたように苦しくなったのだが、本人はその理由が分かってはいない。

「すみません。お待たせしてしまったわね。すぐにご飯にしましょう」

　レティシアが、調理室に入るとすぐに料理を持って出てきた。

　大雑把に片付けられたテーブルに並べられたのは、エルエストが見たことのない料理だった。

「これはなんという名前の料理？」

　聞かれたレティシアが「しまった！」という顔をする。

　試作で大量に作ったハンバーガーを出してしまったのだ。

「うっかりだったわ。これはこの領地で売り出そうとしているものなの。だから、売り出すまで、この料理を誰にも言わないでくれるかな？」

「お願い！」と両手を合わせてお願いをするレティシアが可愛くて、ついエルエストは意地悪を言ってしまう。

「うーん、どうしようかな？」

　もう一度、レティシアが首を傾けて頼む。

「ねっ、お願い」

「うっ……。言わないよ」

再び胸が苦しくなるがエルエストは平静を装い、レティシアに食べ方を教わっていた。

彼女はエルエストを気にすることなくハンバーガーを頬張る。

エルエストも彼女を見習って大きな口でハンバーガーを食べていると、前髪が邪魔になり髪を横にはらってしまう。

「あなた、とっても綺麗な顔をしているわね。みんなに言われない？」

レティシアが興味津々で聞く。

いつもは、『綺麗』だの、『格好いい』『素敵』の褒め言葉はエルエストにとっては、鬱陶しいだけだが、今日は素直に嬉しかった。

「そ、そうかな？」

「うん、とっても綺麗な顔立ちだわ。ああ、そうだ。あなたのお名前を聞いてなかったわね。なんて呼べばいい？」

「えっと……、エルだ、です」

彼女には自分の愛称で呼んでほしいという気持ちと、王子というのを知ってほしいという思いで答えた。

残念ながら、レティシアにその思いは届かない。

目の前の男の子は、人事課のパスカルさんの部下と思い込んでいるのだから、それが王子だと思い当たるわけがない。

「エルね。私はレティーと呼んでね」

自己紹介はあっさり終わった。

ハンバーグを食べたあと、シャワーをすませたエルエストは、二階にある客室に案内された。

エルエストを客室に案内するのは、レティシアにとって当たり前な行為だ。

当たり前だが、別の部屋に通されたエルエストは少しがっかりする。

「それにしても、面白い令嬢だな。貴族なのに、あの服は驚きだよ。誰だって使用人と勘違いするだろう？」

オーバーオール姿のレティシアを思い出した。

「それに、俺の顔を見て、感想は「綺麗」だけだったし、それにエルって名乗ったんだから、気が付いてほしかったな」

この部屋に通されてからは、ため息が多い。

下の階では物音がしているので、まだレティシアが起きているのだ。

「今、この屋敷に俺とあいつの二人きりなんじゃないか？」

エルエストは余計な考えごと（妄想）で、うんうんと唸りながら、眠りに就くことになった。

朝、エルエストが起きるともう既にレティシアは起きていた。

「おはよう、エル」

エルエストは朝日に光るレティシアに見とれる。

「まぶしい……」

「眩しいの？　カーテンを閉めましょうか？」

レティシアの質問でようやく頭が動き出したエルエストは、すぐに手を横に振る。

「いや、大丈夫。カーテンはそのままで、いいよ。おはよう。れて……れて……レティシア嬢」

「ふふ、だから、レティーでいいわよ」

おおらかに笑うレティシアに、再び頭がボーとなる。

「ところで、私は朝食後に北部のオルネラ村と南部のルドウィン町に行くけど、エルはすぐに王子宮に戻るのよね？」

エルエストは、色々と溜まっている課題を思い出したが、「俺も一緒に行ってもいいかな？」と前髪で顔を隠さずに、これ以上ないくらいの百点満点の微笑みをレティシアに向けた。

しかし、敵はそう簡単に落ちてはくれない。

「でも、仕事を放り出すのは良くないわよ。上司の方もあなたの報告を待っていると思うわ」

元社畜は、報告・連絡・相談が遅れることを嫌い、エルエストの提案を却下する。

ここぞという時の微笑みも役に立たず、エルエストは次の手を考えた。

「君のことを心配している上司に、しっかりと報告するためにも、レティシア嬢の現在の状況を知っておく必要があるんだ」

これには、レティシアも多いに納得する。

「それに、俺自身が、君の仕事を是非この目で見てみたいんだ」とぐいぐいとレティシアに迫る。

レティシアはエルの口が固いのを信頼し、一緒に行くことにした。

ちょっとエルの距離が近いことを気にしながら……。

エルエストは密かに着飾ったレティシアが見られると期待していたのだ。

なぜなら、領地の視察をするなら領民の目に触れる。それならば一般的に令嬢は着飾るのが普通である。

昨日のようなあんな繋ぎのボロボロの服で庶民に会うなど、見下されるだろう。もちろん着飾らないレティシアも素敵だったが、着飾ったレティシアも是非見てみたい。

ワクワクしながら待っていたエルエストの前に現れたのは、もちろんオーバーオールのレティシアだ。

「え？　ドレスは？」

「ドレス？　畑仕事にドレスは必要ないわ」

エルは何を言っているの？と首を捻るレティシア。

「は、畑仕事をするの？」

困惑するエルエストを放置して、レティシアは時計を見て玄関に向かう。

「時は金なりよ。さあ、今日も元気に歩いていくわよ」

「え？　馬がいるのに？」

「馬には乗れないもの」

少し口を尖らせてレティシアが答えると、エルエストはここぞとばかりに強気な態度に出た。

「じゃあ、俺が連れていってあげるよ」

「馬に乗れるの？」

エルエストは胸を張って、「乗れるよ。じゃあ、お姫様。お手をどうぞ」と王子様のようにエスコートするのだった。

本物だけど……。

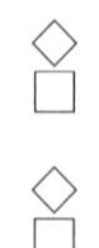

レティシアがオルネラ村に馬で乗り付けたため、村人は驚き集まってくる。

それもそのはず、一緒に来たエルエストに興味があったようだ。

「レティーお嬢様、おはようございます。あの、そちらの方は？」

マリーが尋ねると、その答えを聞くために大勢の村人が聞き耳を立てる。

「おはよう、マリーさん。私の叔父が王子宮に私を侍女として就職させようと勝手に話を進めてね。それでその王宮の人事課の方が、直接私に話を聞くために訪ねてこられたの」

レティシアは、素直にエルエストの嘘を信じていた。

「おはようございます。私、王子宮の人事課のエルと申します。どうぞ、よろしくお願いします」

エルエストは、人の良さそうな笑顔で挨拶をした。そのエルエストの周りに、村人が殺到する。

「今、レティー様が宮殿なんて行ってしまったら、俺たちは困っちまうよ。どうぞ、その話はあなたが丁寧に断ってくれ」

「そうだよ。もうレティー様はこのルコントの領地には欠かせない方なんだ」

「れてーおねえたんは、わたしのかぞくなの。だからつれてっちゃ、めっよ」

老若男女問わず、レティシアを慕う人々に囲まれて、エルエストは困惑する。

「うふふ、大丈夫よ。私、この領地が大好きだもの。ここから離れる気はないわ」

レティシアの言葉に、村人の歓声がワッと起こった。

まだ子供で、それにドレスも着ずにオーバーオールで走り回るレティシアに、皆が尊敬の眼差しを向けている。

しかも、レティシアを迎える瞳は温かで、まるで家族を迎え入れるような優しさを感じた。

「着飾ってなくても、貴族なんだ」

エルエストはこの考えもしなかった事実に目を瞠る。

庶民には手が届かない豪華な服を着て、横柄な態度で身分を分からせる。このようなやり方の貴族が実に多いのだ。

自分もそうではなかったかと、反省していると、レティシアがいなくなっていた。

レティシアは既に、水路の調整を始めて仕事に取りかかっていたのだ。その次は、畑の様子を見回り、マイクの家の畑の草むしりを少し手伝うと、ルコント22滝のハイキングコースの入山料の受付に行ったりと、目まぐるしく動いている。

「今日も繁盛しているわね」

受付の村人に話すと、「今日は二十二日なので、特にカップルが多い日なんですよ」

この会話にエルエストが割り込んだ。

「なぜ、二十二日はお客さんが多いのですか？」

「それはね、二十二番目の最後の滝をカップルで見ると幸せになれるっていうジンクスがあるんですが、特に二十二日はその幸せも倍になるんだそうです」

「へえー。そうなんだ……」

ここで、密かにエルエストはレティシアと二人で滝を見に行けないかと思案を始めたが、すぐに移動を始めたレティシアを見て妄想を中断し、後を追う。

次に、馬で移動したのは南部の町だ。

ここでも、エルエストは注目の的になる。

そして、同じ内容の説明をされ、「レティシア様を連れていかないでくれ」という人々に、エルエストは囲まれる……という作業を繰り返していた。

「そうか、厄介な叔父さんがいたものだな」

パン屋のジョージは壁に板を打ち付けながら話に加わる。

さらに「それにしても、レティーお嬢様のような貴族は他にはいないんじゃないかい？」とエルエストに聞く。

「いませんね。稀少人物です」

「もう！　変わった人みたいに言わないで‼」

「「いや、変わっているから」」

ジョージとエルエストにハモられて、不貞腐れるレティシア。そんな彼女に、エルエストがどうしても聞きたいことがあった。それは、彼女の社交界のデビューのことだ。

「あの、これから先に、貴族ならば社交界へデビューする日がくるんだけれど、どうするつもりなの？」

来年でもデビューを考えているなら、自分がエスコートしてあげたいと思っていた。

「ああ、そんなの。しないわよ。しなくても、領地の経営はできるもの」

エルエストの脳内で着飾ったレティシアと歩いている自分の姿が一瞬で粉々に割れる。

どうしてだ?とブツブツ言い出すエルエスト。

「しない？　そんな選択肢がある？　貴族のお嬢様なら、綺麗なドレスを一年以上前から両親が用意して……」

ジョージがエルエストの小言を聞いて「レティー様には両親はいないぜ」とそっと耳打ちした。

そうだった。エルエストが気まずそうにレティシアを見たが、全く気にしていないようで、ほっとするエルエストに、ジョージが再びボソボソと聞いてくる。

「なあ、あんた。貴族のことに詳しいんだろう？　俺たちはあのお嬢様にずっとここにいてほしいけれど、幸せにもなってもらいたいんだ。そのデビュタントっていうのは、貴族にとってそんなに大事なものなのか？」

真剣に聞いてくるジョージの顔を見て、北部で出会った村人の顔と重なった。

ああ、ここでも彼女はしっかりと領民の心を掴んでいるのだなとエルエストは感心すると同時に、厄介だなと思った。

彼女をこの領地から切り離して、自分の王宮に連れてくるのは、とても難しそうだ。

「そうだな……」

エルエストは慎重にジョージへの返事を考える。

「貴族には貴族の繋がりがあって、それを大事にしている。その貴族の社交場に一歩踏み出すのがデビューというわけだ。つまり、貴族の家に生まれたからには社交界とは無縁ではいられない。しかも、彼女は伯爵家を継いでいるからね」

エルエストの返答を他の町人も聞いていた。

一様に難しい顔をして、聞いて唸っている。

「そうだよな……。レティー様は貴族のお坊っちゃまといつかは結婚しなくちゃなんねぇし……」

「でも、出ていかれちゃ困るよな……寂しくなる」

周囲の領民が、うんうんと頷く。

だが、この話を聞いていたのは、町人だけではなかった。

「あら、結婚なんてしないし、世間には社交界デビューしない人もいるもの。そんなことを気にする時間があるなら、マックスの店の内装を手伝って頂戴。あと、そこができたら完成なんだから‼」

顔にペンキをつけたレティシアが、皆に指示する。

「エル、見て‼　素敵な町でしょう？」

完成間近の町は、今まで他の国々を見てきたエルエストでも知らない風景だった。

「北部の村の景色も、ここの町もここの領地しかないものだね。でもどうやったらこんな町を考え付くのか不思議だ」

前世で見てきた風景です、とは言えずレティシアは『ふふふ』と、笑いを浮かべてごまかすしかない。

「どこかで見たの？」とエルエストにさらに追求されそうになった時、マックスが店の窓からレティシアを呼んだ。

「レティー様、完成しました‼　これでいつでも、町にお客様を呼べますよ」

「分かったわ、では明日、また王都に完成のチラシを配りに行ってくるわ。それとドルト伯爵夫人にも知らせに行かないとね」

『家族で楽しめる観光地』が、ルコント領のコンセプトなので、今回も馬とポニーの両方の乗馬体験と、九ホールと、十八ホールのパターゴルフ場もルドウィンの町に隣接し作っている。

（体を動かすのが大好きなドルト伯爵夫人にも、喜んでいただけるかな？　いや、喜んでもらえないと困る）

彼女の大きな影響力を考えると、その評価を受けるまでご飯も喉を通らなくなりそうな……。

明日のことを考えて難しい顔をしているレティシアよりも、もっと考え込んでいる者がいた。

エルエストだ。

彼は、今日はさすがに王宮に帰らなければならない。既に、迎えの騎士たちがやきもきしながら近くに来ている。

だがここで、レティシアと別れると、次に会う日はいつになるか分からない。

意を決したエルエストが、レティシアに提案をした。「王都に行くなら、俺の家に来ない？　明日から客もいないし、父さんも母さんも喜ぶよ。領民も連れてきてもいいよ」

「え？　いいの？　宿泊代はあんまり高い料金だと払えないんだけど……できれば、素泊まりで……」

エルの家は宿屋なのかな？と勝手に思い込んだのが、レティシアの失敗だった。

何も知らないレティシアは、今日から泊まりで王都に行けば、朝から活動できる時間が多くとれると、その誘いをありがたく受けることにした。

エルエストがにっこりと笑う。

裏がありそうな笑顔で……。

「……じゃあ、安くしとくね。素泊まり？　だっけ……。大歓迎だよ」

「じゃあ、エルのお宿に泊めてもらおうかな？　お世話になります」

エルエストの囲い込みの網に掛かったことを知らないレティシアだった。

◇□　◇□

現在レティシアは冷や汗をかいている。

「これはいったい……？　私は何を間違えた？」

豪華な馬車に乗せられて、体をガッチガチに固まらせたレティシアは過呼吸寸前だった。

座席の生地はビロードで、その手触りは艶やかかつ滑らか。おまけにお尻に優しいクッションで座り心地は最高だ。そして、足元の絨毯はふっかふか。室内には煌めく装飾。

それになんといっても……さっきまで人事課の文官の下働きだと信じていたエルが、馬車に乗った途端に灰色の髪の毛を銀色に変えて、優雅に座っている。

レティシアは恐る恐る尋ねた。

「あの……この馬車は、乗り合い馬車とはちょっと違うようだけど……えっと……近頃の王都では、こんな感じの乗り合い馬車が流行しているのかしら？」

「そうだ」と言ってほしいレティシア。

だが、先ほどまでの態度とは違うエルが、流し目付きでのたまった。

「これは、俺専用の馬車だよ」

『俺専用？　俺専用ってどういうことなの？』と大声で聞きたいが、それは脳内で響いただけであって、さすがに声には出さなかった。

いや、出せなかったのだ。

生唾をゴックンと飲み込み、今のエルの返事を繰り返す。

銀髪の超美形男子＋見たことないド派手な馬車＋極めつけは、馬車の取っ手にまで付いている見慣れた王家の家紋＝王子様？

どう考えても、この式の行き着く答えは王子様……だった。

1＋1＝2よりも簡単な答えで、間違うはずがない。

（それに、今考えれば『エル』って第二王子様のエルエストの略じゃない。ああ、そんなことは露知らず、愛称呼びしちゃったぁぁぁ……。もう、答えを聞いちゃう？　処される前に……聞いちゃう？『もしかして、王子様？』それを聞く前に、命の嘆願をしなければいけないかしら……。せっかく、領地経営がうまく回り始めてきたところなのに、神様‼　酷いわ……）

一人悶絶状態のレティシア。

「ねえ、その百面相を見せてくれるのも嬉しいんだけど、ちゃんと顔を見せてよ」

「はい、どうぞ‼　こんな顔で良ければ喜んでぇぇぇ‼」

居酒屋のような掛け声だが、レティシアは必死である。

今までの不敬を許してもらうために、もう土下座の準備はできている。

「ごめんね。王子ってことを隠してて」

（聞くまでもなかったあ。王子様と今決定しました……。処される？　その前にする？　土下座する？）

悲壮な顔のレティシアに、「はあ――」と、ため息をつくエルエスト。

「何か勘違いしているけど、今までのことを不敬だとか言わないよ」

「ほ、ほんとですか？」

「俺が身分を偽っていたのに、そんな罪に問えるわけないだろう？」

呆れた顔のエルエストの様子に、レティシアはほっと胸を撫で下ろした。

「それに、今まで通りにエルと呼んでもらって構わない」

キョトンとしたレティシアだったが、すぐに王子様の申し出を理解し、手を横に振る。

「滅相もございません。エルエスト第二王子殿下とお呼びさせてください」

読んだ小説では、第二王子の挿絵はあった。でも、その挿絵と全く違っていたのだ。

しかも、くすんだ灰色の髪で町を探索する場面があったけれど、その時は全く違う偽名を使って、『エル』なんて名乗っていなかった。

だから、レティシアも気が付かなかったのだ。

そして、今から向かう場所はレティシアがヒロインを苛めて切り殺されるあの王子宮。

ずっと避けていたのに、これが小説の強制執行力なの？　と、レティシアは項垂れた。

そのレティシアの様子にエルエストも力なく項垂れそうになる。通常の令嬢ならば、王子と一緒に王宮に入るとなれば、嬉々とするはず。

だが、目の前のレティシアはこれから牢獄に入るが如く、悲壮感漂う顔つきだし、小さな手は小刻みに震えている。

しかし、それは仕方ないことだ。なぜならここは、レティシアを地獄へと突き落とす出来事が満載な王子宮なのだから。

門をくぐると、ストレートな黒髪を後ろで一つに結わえた、これまた目元が涼しげな超絶イケメン騎士が並走する。

その騎士は、レティシアと目が合うと優しげな笑みを浮かべた。

だが、レティシアは卒倒しそうになる。

彼はあの小説の描写通りの人ならば、きっと例の人だ。

レティシアは、小説の一部分を思い出し、顔をひきつらせながらも、どうにかイケメンの騎士に会釈して、すぐに馬車に身を隠すようにした。

ヒロインに毒を盛ったと知ったこのイケメン騎士は、詮議の機会を待つことなく、牢屋にいるレティシアを剣で突き刺し殺害したんだ。その恐怖の人物が今、横を並走している騎士なのだ。

目の前には、ヒロインにだけ激甘王子。

横には無慈悲な突き刺し近衛騎士。

今にも詰みそうな状況に、レティシアは、呑気にエルの家に泊まるとほざいていた過去の自分を殴ってやりたい。

そうだ、一緒に来たケントや町の人たちは？　ようやく自分以外の人に気が回った。

「あの、私と一緒に来た領民は、どこにいますか？」

「ああ、申し訳ないが、さすがに王宮に泊めることはできないから、王都の一番信用のできるホテルで宿泊してもらうよ」

良かった。そこなら王宮よりも安全だとほっとする。

小説とは違う人生になるようにと、こんなにも抗(あらが)ってきたのに、小説の登場人物に会ってしまう流れが怖かった。仲良くなった領民を巻き込むのではと、それも心配だった。

このままヒロインに会ったら、嫉妬して、否、嫉妬しなくても毒殺の流れに入っていくのではないか？　そう思うと恐ろしくて、掌が汗びっしょりになるほど握りしめていた。

「……着いたよ」

急に耳に届いたエルエストの声に、我に返る。

「さあ、どうぞ。お姫様」

目の前のエルエストは手を差し伸べている。

（これは、手を取って降りる方が正解なのか？　不正解なのか？）

怖々エルエストの手を取り、馬車から降りた。しかしどうしたことか、エルエストはその後もレティシアの手を放そうとはしない。

そのまま豪華な建物の中に入っていこうとするが、レティシアが踏み留まった。

オーバーオールで、しかもペンキの付着した靴で、服で、顔で、この荘厳な建物の中に入る勇気はない。

しかも、それは言い訳にできる。

「申し訳ございません。こんな身なりの私が、王宮に足を踏み入れるなど畏れ多くて……」

頭を下げて、これ以上は無理だと必死でアピールする。

「それなら大丈夫。ここは王宮ではなく、王子宮だ。陛下のお住まいではないから安心して」

エルエストにぐいぐい引っ張られて、とうとう建物の中に入ってしまった。

入った先には高いところから吊り下げられたシャンデリアが中央にどーんと煌めいていて、そのホールの両サイドには、吹き抜けからのホール階段が優雅な半円を描いている。

「向かって左は兄上の住まいだ。こっちは俺の住まい」

エルエストが示した右の方にレティシアを連れていこうとしたところで、左の階段上から穏やかな声が響いた。

「やっと帰ってきたと思ったら、珍しいことをしているね」

ダークブラウンの髪から覗く黒い瞳。

知性と優しさを兼ね備えたハリー第一王子が弟のエルエストを出迎えたのだ。レティシアは頭を後ろから鈍器で殴られたような衝撃を受ける。

――なぜに？　こんなところで？　ラスボスに会ってしまうのぉぉぉ……。

ラスボスのハリー第一王子の出現に、呼吸が止まるレティシア。

彼女は青ざめた顔に、精一杯の微笑みを作り、頭を深々と下げる。

「ところで、君は初めまして……だよね？　王宮のパーティーでも会ったことはないよね？」

「初めてお目にかかります、ハリー第一王子殿下。私はレティシア・ルコントと申します。このような格好で、王子宮に立ち入ったことをお許しください」

クスッと笑う第一王子のハリーに、ムスッと不機嫌になるエルエスト。

「気にしないでいいから、エルエストのわがままに付き合ってあげて。もう待てないみたいだから」

微笑む優しげな雰囲気には、レティシアの嫉妬心を利用して、ヒロインに毒を盛るように唆(そそのか)した残忍な王子の面影は一切ない。

「あ、あ、兄上。余計なことを言わないでよ」

慌てたエルエストが、レティシアを引っ張って自分が住まう建物に連れていった。

微笑ましく見送るハリー。その瞳に歪んだ思想は見られない。

振り返りつつハリーを見たレティシアは、小説のハリーの言葉を思い出そうとしていた。

あともう少しで記憶の断片に手が届きそうになったところ、侍女二人に身ぐるみ剥がされ、手掛かりを見失ってしまった。

「さあ、私たちにお任せくだされば、お嬢様の荒れたお肌は真珠の輝きを取り戻せますよ」

何やらもふもふした固まりを手に、ニヤリと笑う侍女二人にソフトタッチで洗い上げられる。

（思い出せそうだったのに……それより……気持ちいいいい――）

すっかり侍女二人による最高エステ体験を堪能し、考えることを全面的に放棄してしまった。

そして、用意されていたドレスに仰天する。大小様々な緑、黄緑、深緑のモチーフの花の刺繍を繋げたドレス。

（一つひとつが素晴らしい刺繍のこのドレス。いったいいくらするのだろう？）

じっと凝視していると、侍女に急かされた。

「こちらをお召しください」

「え？　私の服は？」

「あの汚れた服は、洗濯中ですので今はこのドレスしかございません」

汚いオーバーオールに執着するレティシアに、困り顔で侍女たちが高価なドレスとアクセサリーを持って迫ってくるではないか。

これは大人しく、この状況を受け入れるしかなさそうだと観念して、ドレスに袖を通した。

髪にもたくさんの小花のアクセサリーが付けられていく。

ピアスは真緑の宝石。

この緑で統一されている感じが、不安でしかない。

着飾った自分を姿見で見たレティシアは、驚いた。

「すごい……。きれい……。あなた方は魔法を使えるのね」

まるでアイドルのように、可愛く変身しているではないか。

「そんな賛辞をいただけて嬉しいですわ」

侍女たちが誇らしそうに胸を張る。

自分の美しくなった姿を、覗き込み見ているレティシアの後ろで、コホンと咳払いが聞こえた。

振り向けば、着飾ったエルエストがいた。

「ああ、俺の思った通り、レティーには緑が似合うよ」

キラキラした笑顔のエルエストの瞳は、緑だった。

これ、小説で読んだ気がする、とその先の文章を思い出す。

初めて男爵の娘を連れてきた時に、嫉妬したレティシアが偶然を装ってヒロインのドレスに飲み物をぶっ掛ける。その後、エルエストがヒロインに着替えを用意するのだ。

それが真緑のドレス。

（……これかぁ。でも、これを私が着ていいのかな？）

少々不安ではあるが、これでヒロインに意地悪をしなくても良さそうだと安心する。

これほど着飾って、どこに行くのだろう？　貴族の「しきたり」が分からないレティシアは、エルエストも礼装姿だと気が回らない。

再び先ほどの玄関ホールまで連れてこられ、馬車に乗せられても分からない。

だが、さすがに王子宮から出てさらに大きな宮殿に着いた時には、どこに来てしまったのか理解した。

「ここは、陛下のいらっしゃる王宮……」

小説ではレティシアが足を踏み入れることすらできなかった場所である。

「言っただろう。両親にも紹介するって」

無邪気を装い微笑む王子は、その腹黒さが浮き彫りになる。

「確かに両親ですが、そこは両陛下と言ってくだされば、私も来なかったのに……」

恨めし気な目を向けると、さっと逸らす辺り、確信犯だ。

「そんなに緊張することないよ」

安心させるように手を繋いでくるのだが、それが余計に不安にさせた。

しかも、ぶつぶつと何か言っているが、聞こえないから怖い。

「可愛くしすぎたのはまずかったかな？　ちょっと親父は、女性に目がないけれど、さすがに息子の想い人を取らないだろうし、ロリコンでもないしな……親に会わせたら、そういうことだよな……」

エルエストの呟きなど、全く耳に入らないレティシア。

（女性好きだが、とても両妃殿下を大切にしていると聞く。しかも誠実な政治を行っている王様なんだ……けどな……。今は会いたくなかった）

そう、思いつつ玉座の間に通され、入った途端に空気が張り詰める。

「エルエストよ、護衛も付けずに外泊はこれっきりにしなさい。お前はこの国の第二王子だ。いかなる時も油断してはならんのだ」

隣をチラッと見ると国王の言葉を真摯に受け止めているのかエルエストは「ご心配をお掛けしたこと、深く反省します」と頭を下げた。

「まあ、堅苦しい説教はこれまでにして、お前が連れてきたその令嬢の紹介をしてくれ」

急に国王の目がレティシアに向いたため、一気に緊張する。それと同時に隣のエルエストも緊張しているのが分かった。

「彼女は……前に、申請があったかと思いますが、ルコント家を生前移譲したレティシア・ルコント伯爵です」

「ふむ、そうか。噂を耳にしていたが、本当に九歳で継いで見事に領地を立て直しているそうだな。……だが、私が聞きたいのはそういうことではない」

国王陛下はお茶目なウィンクを息子に送り、質問の仕方を変えてきた。

「ともすれば、女性を毛嫌いしているお前だぞ。そのお前が連れてきたのだから、気になるだろう。ルコント伯爵は、お前にとってどういう存在なのかな？」

「彼女は」

そう言うとチラリとレティシアを見て言い淀むエルエスト。

そこにダークブラウンの髪の毛を腰まで伸ばし、知性溢れる黒い瞳の妖艶なる美女が、エルエストに助け船を出した。

「オーラフ陛下、息子を困らせてどうするのです？　ここは見守るところですよ？」

国王陛下を窘めることができるこの美しい女性は、ハリー第一王子の母君、アレイト側妃だ。

しゅんとするオーラフ国王が、残念そうにレティシアに声をかける。

「ルコント伯爵は、領地で辛いことはないか？　あれば王子宮に留まっても良いのだぞ。それを息子も望んでおろう」

隣のエルエストの顔が真っ赤になっている。だが、レティシアはエルエストを気にする余裕などない。

（ここに残るなんて、死に近付きそうで、なんとしてもお断りしたい）

レティシアの持てる全ての語彙を総浚いで、断り文句を探す。

「ありがたいお言葉です。ですが、今私は、領地の経営をはじめ、領民と触れ合い、生き甲斐を感じています。我が領地がこのラシュレー王国のお荷物と言われないよう、益々邁進するつもりです」

「うーむ……そうか。無理強いはできぬ。では、ルコント伯爵の手腕に期待しているぞ」

帰っても良しの許可をもらい、安堵するレティシア。その横であからさまに萎れているエルエスト。

両極端な二人に、苦笑いのアレイト妃は、その若い背中を見送った。

レティシアは、息子以外の王子にも優しい気遣いを見せるアレイト妃に好感を持った。しかし、一方では違和感も覚えていた。アレイト妃の広範囲な配慮に心休まる時はあるのだろうかと思ったのだ。

とはいえ、現状を見る限りこの王宮には問題は見当たらない。それに、ハリーとエルエストは非常に良い関係だった。

どうしてハリーはラスボスになってしまったのか？

小説を思い出せず、モヤモヤするレティシアに試練は続く。

◇□　◇□

貴族の令嬢のことを、つまらない生き物だと思っていたエルエスト。

見栄と虚像とプライドだけを大事にしている女たちが、傍(かたわ)らに来るだけでもうんざりしていた。

パーティーの女の話は、アクセサリーがどうとか、ドレスのデザインがどうだとか、下らないにもほどがある。

そのくせ、民の暮らしを『汚らしい』と言っては見ようともしない。

王子宮にも侍女として働く貴族女子がいるが、仕事のほとんどを低級侍女に任せておいて、自分たちは王子の目に留まりやすいお茶を運ぶ仕事だけを取り合っている。

先日もその運ぶだけの仕事で、髪の毛を掴み合って喧嘩しているところを目撃した。

浅ましいものだと、目の端で見て捨て置いたものだ。

「仕事もしない貴族の侍女は、ここに必要か？」

これはいつも兄のハリーと論じているが、「ここでの仕事が彼女たちの礼儀作法を習得した場として、箔を付けるのに役立つんだよ」とハリーは擁護する。

そう言いつつ、ハリーも彼女たちのあからさまな欲望の眼差しに晒されて、うんざりしているのだが……。

エルエストは、貴族の令嬢の二面性に嫌気が差していた。そんな時にオーバーオールを着たレティシアに出会ってしまったのだ。今までそんな令嬢を見たことがなかった。

しかも伯爵だというのに、屋敷にたった一人で暮らしていて、侍女もいない。もちろん護衛の兵もいない。不用心すぎて、心配になるほどだ。

だが、彼女は九歳とは思えぬほどしっかりして、伯爵としても自立しているのだから、安心すべきなのだろうか？

そう思った矢先、領地を見回るというレティシアは、普通ならば着飾って行くところを前日と同じオーバーオール姿で現れた。

こんな庶民よりも質素で汚れた姿で領民の前に出れば、どんなにバカにされるか分からないぞ。そう思っていた。だが、そうはならなかったのだ。

彼女はどんな服装をしていても、敬愛されていた。

でも、始めからそうだったわけではないと、ルドウィン町のジョージが話してくれた。

その話では、いかに自分たちが頑固で愚かだったかと、それに対して見捨てず怒らず、レティシアがいかにたゆまぬ努力を続けてくれたかを話した。

彼女が辛抱強く努力し続けた結果、領民と家族のような絆を得たのだ。

目の前のレティシアの行動を見て、エルエストが魅了されるのに、時間はかからなかった。

少しの間も、目が離せなくなっていたのだ。

ちょこまかと誰よりも動き、誰よりも要領よく働く。そして、誰よりも笑うのだ。

そんな彼女に、領民が自分の家族のように接している。

誰もがそんな彼女を、親しみを込めて『レティー様』と呼んでいる。

貴族が愛称で呼ぶことを許すのは、家族や自分よりも高位の貴族だけだ。

下級の貴族が愛称で呼ぶことは許されない。ましてや、貴族でない庶民に愛称で呼ばせるなんて以ての外だ。

だが、レティシアからそう呼んでくれと頼まれたと聞いて驚いた。他にもレティシアは庶民が作ったものを一緒に食べたり、車座になって話をする時は躊躇せず地べたに座るなど、考えられないことばかりで、型にはまらないレティシアの行動に、エルエストは度肝を抜かれた一日となった。

そして、彼女と同行して帰る頃には、どうやったらレティシアを王宮に来させることができるか、そればかり考えていたのだった。

エルエストの周りには、こんなにも領民と一緒になって働く令嬢はいない。

今まで見てきた令嬢は、家の中でお茶会を開き、取り寄せた茶葉やドレスの自慢をして、相手を見下すか、取り入るかのどちらかだ。しかし、レティシアは違う。

領民と一緒になって、新しいことに突き進み、領地を発展させ、自分の力で信頼を勝ち取ったのだ。

その眩しい笑顔には、媚もへつらいも嘲笑もない。

エルエストはこの笑顔に憧れを抱いた。

この笑顔を自分にも向けてほしいと……。なんとしても、このまま別れたくはない。

きっと、王宮に「遊びにおいで」と誘ってもレティシアは理由をつけて来やしないだろう。

他の令嬢なら誘われずとも押し掛けてくるのに……と恨めしい。

卑怯な手ではあるが、騙してでもレティシアを王宮に来させたかった。

レティシアを王子宮で存分に甘やかし、豪華な衣装を着せ、美味しいお菓子や料理を食べさせて贅沢三昧な時間を与えれば、気に入ってくれるかもしれない。

いつもはそんな女性が嫌いだったのに、そんな手段しか思い付かなかった。

しかし、この作戦で落ちたのは、エルエストの方だった。

侍女の高い技術と贅沢なマッサージを受けたレティシアは、美しく磨かれた宝石のように輝いて神々しくも可愛いのだ。

侍女に、レティシアに合うサイズのドレスで、緑色のものを着用させろと指示を出した。

王宮に行って、他の貴族の令息に出くわしたとしても、自分色を纏わせていたならば、誰も彼女に手を出そうとするチャレンジャーはいないだろう。

そして、父である国王にも第二王子の客として、彼女の存在をアピールしておかねばならなかった。

家門を継げない貴族の次男、三男からすれば、彼女の存在は稀有な宝物だ。

彼女を見初めた他の貴族が、縁談を持ちかけ、国王の後押しをもらって話を進められないようにするためだ。その前に国王である父に、紹介だけでもすませておきたかった。

だが、ここでレティシアに無理強いするつもりはない。

本当だ。やっていることは、女性を縄張りに誘い込み、少しずつ囲い込んでいるのだが、エルエスト本人は必死すぎて分かっていないのだから、困ったものだ。

(――こんなにも一緒にいたいと思ったのは、初めてなんだ。どうしたらいいのだ……)

初めての恋に悩む男の迷走が始まる。

◇□　◇□

エルエストの計画であった、レティシアに贅沢を体験してもらうという作戦は失敗だった。

今現在、エルエストが用意させたドレスを着て、豪華なディナーを食べているレティシアは、料理や贅沢に絆（ほだ）されている表情ではなかったのだ。

「レティー、そんなに難しい顔をしてどうしたの？」

「も、申し訳ございません。少しハリー第一王子殿下のことで……」

レティシアの言葉に、エルエストの背中からコオォォォと冷気が噴き出す。

大好きな兄なのに、彼の名前がレティシアの可愛い口から出ただけでも、嫉妬してしまう。

自分がこんなにも心の狭い男だったなんて、信じたくはないが現に嫉妬が止まらない。

「寒っ‼」

（もう、主人公の地雷を踏んでしまったの？）

レティシアがエルエストの無表情に驚いて、足りなかった言葉を補った。

「ハリー第一王子殿下の心配というより、殿下の母上であられる、アレイト妃殿下のことが気がかりでして……。お顔の色が芳（かんば）しくないように見受けられて、少し気になったのです」

ほっと安堵するエルエストは、再び首を傾けて考える。

「そうかな？　気が付かなかったけど……」

アレイト妃はきちんと化粧をしていて、男性は気が付かないのかもしれないが、元社畜会社員は見逃さなかった。

「そんなに気になるなら、兄上に聞いてみる？」

そう言ってから、「ああダメだ、兄上の方を気に入られては困る」と一人慌て出す。

「レティーは兄上のような、優しい男性をどう思う？」

「優しい男性は一般的に好ましいのではないでしょうか？」

「いや、一般的にではなくて、レティー自身はパートナーとして……兄上と俺とじゃどっちがタイプかな？」

社畜で喪女で……恋愛は面倒臭いと考えて生きてきた女に、タイプの話をされても、まともな返事はできない。

「仕事のパートナーとして考えれば、冷静に判断してくれる人の方が物事は進みます。でもまずは走り出してみるというタイプも、必要な時があります。この問題はケースバイケースです」

レティシアは自分自身では、百点満点の返答だと思っていたが、しょっぱい顔したエルエストを見て、何か間違えたのか？と首を傾げる。

後ろの侍女たちが、『殿下、ドンマイ』と励ましのヒソヒソ声を呟いても、その意味が分からない。

エルエストの顔の意味は分からないが、失望していることは分かる。

「何か……間違えてしまったのでしょうか？　……申し訳ございません」

レティシアは何を間違えたのかは分からなかったが、取り敢えず謝った。

「いや、気にしないで。ちょっと焦りすぎて悪かったのは俺の方だ」

しゅんと落ち込むレティシアに、エルエストが食事のあとに、ハリーに会いに行こうと誘った。

エルエストの本音を言えば、見た目良し、性格良しの兄にできれば会わせたくはないが、レティシアの憂いを少しでも取り除いてあげたかった。

それに、器の小さな男だと思われたくないというものも本音である。

「本当に第一王子殿下に会わせていただけるのですか？」

目を見開き、決意した表情のレティシアに、エルエストの胸が騒いだ。

(なんで、そんなに必死なの？　兄上の方がいいのか？)

明日、ハリー第一王子に会う約束をしたレティシアは、夜遅くまで仕事をしていた。

もし、ハリー第一王子に全く話を聞いてもらえなかった場合、すぐにここを出て、領地のために準備をしなければならない。

気持ち的には一刻も早く王宮から出たい。自分の死亡フラグがあっちこっちに立っている所など、恐ろしすぎるし、ましてや、ラスボスなど好き好んで会いたくない。

しかし、アレイト妃殿下の顔色も放っておけないのだ。

自分のお人好しにため息つきつつ、机に向かう。

ダメだった場合、明日ルドウィン町のオープンの宣伝のためにチラシを撒くのだ。

その前に頼みの綱であるインフルエンサーのドルト夫人には、無料でホテルに来ていただけるように、招待状をお渡しししよう。

それに、難破船を領地まで曳航してくれたドーバントン公爵にも、オープンの手紙を書かなくてはならない。

ドルト夫人への招待状の内容をチェックしていたが、眠気の方が勝る。

我慢できずにベッドに潜り込むと、雲の上にいるのかと勘違いするほどのふかふか具合に、あっという間に眠ってしまった。


先ほど会ったばかりのハリーが光のない黒い目で、レティシアに小瓶を渡す。

「これをマルルーナ嬢に飲ませれば、エルエストはお前のものだ」

そう言ったハリーは、レティシアにそっと魔法を掛けた。レティシアが捕まった時に、毒を渡した犯人を自供できないようにしたのだ。

そうとも知らずレティシアは、ハリーに感謝し、憎い女の紅茶に毒を入れた。

何も知らないヒロインは、エルエストと見つめ合い楽しげにしている。

だが、彼女が一口紅茶を飲むと、喉を掻きむしるように苦しみ倒れた。

驚き必死で愛する人の名前を呼ぶエルエスト。その様子を嬉しそうに見ていたレティシアだったが、毒入り紅茶を持っていたためにすぐに捕まってしまう。

ヒロインのマルルーナは、死の淵を三日間彷徨うことになったが、懸命な治療のかいあって、意識を取り戻した。

——ああ……小説の一部分を見ているんだ。

小説では知りようがなかった、登場人物の顔を見たことで、リアルにドラマ仕立てで夢を見ているのだと分かった。

ここで、カットが切り替わる。

マルルーナの意識が回復したと知らせを受けたハリーは、暗い部屋で唇を噛み、悔し気に呟いた。

「奴に大事な人が殺されるという思いを味わわせたかったのに……。なんて運がいいのだ。次こそ失敗はしない。そして、最後に死ぬのはお前だ、エルエスト」

ハリーがこのようになってしまった記憶が、古いセピア色の映画のように思い出されて、その場面が再生される。

エルエストの母であるシルフィナ王妃と、ハリーの母であるアレイト側妃が、二人でお茶を飲んで楽しく語らっていた時のことだ。

ハリーの母であるアレイト側妃が、いきなり大量の血を吐いて倒れ、そのまま、亡くなってしまう。

口から大量の血を流した母を抱き締めて、叫ぶハリーが映し出されていた。

「誰が母に毒を‼」

その映像が終わると、さらに画面は変わり、地下の牢屋に繋がれているレティシアが映る。

「よくも大事なマルルーナを苦しめたな。お前は許さない」

黒髪のイケメン騎士が剣を抜く。

「うぎゃーーーぁぁぁーーー」

はーはーはー……。

自分の絶叫で起きたレティシア。

窓の外はまだ真っ暗だ。

「あー……怖かった……。そういえばこんなシーンがあったわ……母親の死を勘違いしたハリーが闇落ちするんだったわ……これから起こることなのよね？　私がここにいる限り、これに近いことが絶対に起こるんだよね？」

まだドクドクと激しく心臓が大きく打っている。

この先のストーリーも思い出せた。

暴走したハリーは、自分の行いをやめるように必死で注意した王子宮の若い騎士を殺してしまう。

その騎士の兄は闇ギルドで暗躍していた暗殺者のトピアス。

そして、最終的にハリーは、そのトピアスに殺されてしまうのだ。

「……それにしても……ハリー王子はお母様を殺されたと思っているのね。いきなり吐血して亡くなったらそう思うわね」

でも、違う。

社畜としてハードな人生を送ってきたからこそ分かる。

あの症状は胃潰瘍。しかもかなりの末期で、きっと普段から吐血や下血を繰り返していたに違いない。

本来なら、早めに治療を受ければ良いはずだが、彼女は誰にも言わず、堪えて堪えて、それでも王宮の仕事をしているのだろう。

アレイト妃は貧血状態で、顔色を隠すためにあのような厚化粧をしているのだ。

胃潰瘍は過度のストレスによることが多い。

彼女のストレスは国王と宰相との板挟みが原因だと聞いたことがある。国王と宰相の普段の仲は至って普通なのだが、いったん政策の相違があればすぐに感情的になり、穏やかに話をすることができず、二人はアレイト妃を通して意見を交換することが度々だ。その間に立ったアレイト妃は二人の意見を相手に伝える時に、辛辣な言葉を穏やかな言葉に変換したりと、常に気を張っている状態なのだ。しかも大きな決断である国政に関することを橋渡しする以上、しっかりと勉強して両方に伝えなければならない。その勉強にもアレイト妃は時間を割いていたのだ。さらに、妃殿下として女性の付き合いであるお茶会も欠かさず出席。これではいくら時間があっても足りないというものだ。

王妃を助け、国王と宰相の仲を取り持ち日々の業務にも追われている。

アレイト妃に必要なのは、心休まる場所でのリラックス。さらにいうと、国王と宰相がいない所が望ましい。なので、この王宮から離れた場所がいい。

アレイト妃をお助けすることは、自分の将来を助けることに繋がるのだ。

そう思うと、いても立ってもいられない。

(よし、我が領地にて羽を休めていただこう。まずは、ウエスタンのルドウィン町の開業を遅らさなければ)

人でごった返す中では警備が難しい。何よりアレイト妃もゆっくりできないだろう。

(決めたわ。アレイト妃のストレス軽減プランに切り替えて、計画しましょう)

◇□　◇□

レティシアの部屋を侍女がノックする。

朝の支度を手伝うために来た侍女だが、既に用意されていた服を着て待っているレティシアがいた。

「まあ、ルコント卿が既に起床されていたことに気が付かず、申し訳ございません」

侍女の二人は深く頭を下げるが、唖然とするレティシア。

「私が起きたことに気が付かなくても仕方ないです。扉も閉まってましたし……。そもそも、朝の支度の手伝いって、何を手伝ってもらうものなのでしょうか？」

今度は侍女が唖然とする。

「ルコント卿は、朝の身支度……例えば服を着るとか、髪の毛を梳かすなどはご自分でされているのですか？」

「そうです。というか、屋敷に私一人なので、全て自分でしてますけど……」

険しくなる侍女の顔。

「いつから、お一人で暮らされていらっしゃるのでしょう？」

「九歳です。父が……」

女性と逃げてからと言うのは、さすがに憚られて、そこは黙った。だが、この先の話をしなかったことで、侍女の母性本能に火をつけてしまった。

「それから、お一人で暮らし、領地の経営を独学で学び立て直し、強く生きていらしたのですね。うっっ」

一人の侍女が顔を背けた。

まさか泣いているとは思わず、ビックリして声をかけた。

「ご気分でも悪くされたのですか？」

レティシアは侍女が気分を悪くしたのかと驚いたが、逆に侍女たちに捨て猫を見つけたときのような慈愛の目を向けられた。

「お嬢様、今は既に伯爵家を継がれてルコント伯爵です。私たちに敬語は必要ありません。今日は思う存分お寛ぎください」

二人の侍女の目が、『なんでも言ってご覧なさい』とばかりにレティシアが用事を言うのを待っているではないか。

レティシアはここで、少し甘えてもいいのかな？と普段願っていることを口にした。

「では、お二人に時間があるのならば……」

「はい、なんでもどうぞ」

「一緒に朝食を食べてくれませんか？」

「ううっっっ。叶えてあげたい」

「ええ、そんなささやかなお願いをされるなんて」

侍女二人は体を捩って、狼狽えている。

「ルコント卿、誠に申し訳ございません。私どもは侍女で一緒にお食事をすることは許されておりません。せっかくのお申し出に応えられず、お許しください」

侍女が丁寧に深く深くお辞儀をする。

そんなに難しいことだったのかと、言ったレティシアは恥ずかしくなった。

「いえ、私の方こそいつも一人の朝食だったので……」

人がいるなら一緒に食べたかった……。

しょんぼりさせてしまったお詫びとばかりに、侍女がレティシアの気持ちを切り替えられるように急ぎ付け足す。

「私どもはご一緒できませんが、エルエスト王子殿下が、朝食を一緒にと仰せです」

侍女の一言に、食欲ゲージが消滅したレティシアだった。

レティシアが朝の身支度をすませると、ドアがノックされ、開かれたドアの向こうには、第一王子と第二王子が揃ってお出迎え。そして、その後ろには王子宮の突き刺し近衛騎士も見える。

小説では一人はラスボスとして、レティシアを悪の道に引きずり込み、一人はレティシアを牢屋に引きずり入れ、一人はレティシアに裁判もさせず殺害した。

そんな怖～い三人組が揃いも揃って、目の前に立っている。

よく棺桶に片足を突っ込んでいる状態というが、まさに棺桶に寝かされて蓋が閉められそうになっているような……息苦しい。

レティシアは、左の頬が痙攣をしたままで微笑むという高等なテクニックを駆使し、この場面を迎えた。

エルエストがレティシアの手を持って、自分の腕に置いた。

どうやら、ハリー第一王子に盗られないように、牽制(けんせい)して見せたのだが、今のレティシアにはその深い意味を理解する余裕は皆無だ。

レティシアの心中は、死刑執行人が三人揃って刑を執行するために彼女を引っ張っていくようで、足取り重く何も考えられない。

それでも、美味しそうな料理が運ばれてくると一気に意識はオニオンスープの香りに持っていかれる。

黄金色に澄んだスープに、このコク……美味しい……。胃まで冷えきっていたが、一口で温かさが体に伝わった。

エルエストはレティシアがスープを飲みきるまで、じっとその姿を満足そうに眺めていた。

「美味しいかい？」

「とても美味しいです」

その言葉に、エルエストの顔が綻ぶ。

「エルエストから聞いたのだが、貴女は私の母に関して、何か気がかりがあるそうだな？」

レティシアは恐怖で、大事なことを失念していたが、すぐにアレイト妃についてハリーに確かめた。

「昨日、アレイト妃殿下にお会いしたのですが、かなり顔色が良くないとお見受けしました。アレイト妃の健康に関して、ハリー第一王子殿下が気になるところはないですか？」

「うーむ。そういえば食欲がないように思う。顔色は気が付かなかったな……」

ハリーもエルエストと同じように、アレイト妃の化粧に隠された顔色は、分からなかったようだ。

レティシアは、小説は既に始まっているのだと危機感を募らせる。だが、王子たちに危機感はない。

（アレイト妃の胃潰瘍もかなり悪くなっていて、アレイト妃自身も症状を自覚しているはず。なのに、息子にも隠しているなんて余程、我慢強い人なのだろう。身内に愚痴一つこぼさない我慢強い人ほど、病気の発見が遅れる。こうしてはいられない‼）

王族に簡単に会えないことは知っているが、時間がないレティシアは、不躾ながらハリー王子に頼んだ。

「アレイト妃の体調の悪さは、普通ではありません。どうか、会える時間を作っていただけないでしょうか？　できれば、早く……いえ、今日にでも‼」

テーブルに頭をぶつける勢いで頭を下げたため、空になったスープ皿がガチャンと鳴る。

ハリー王子とエルエスト王子が、顔を見合わせて困っているのが頭を下げていても分かった。

どちらかの王子が頭を掻いている。

「分かった。今の時間なら母上も朝食の時間だ。今日は謁見があるので、この時間を逃せば会える時間はないな」

二人の王子が頷くと立ち上がった。

「さあ、行こう」

二人同時に手を差し伸べられて、どちらの手を取れば良いのか迷う。

すぐに察したハリー王子が手を戻し、レティシアは促されるようにエルエストの手を取り、側妃の自室に向かった。


先触れはしたものの、アレイト妃にとっては突撃に近い訪問だ。

それでも、微笑んで王子と一緒に現れたレティシアを招き入れてくれた。

「昨日の可愛いルコント卿が、どうされたのです？　それにハリー殿下もエルエスト殿下もお二人が揃っていらっしゃるなんて」

その声に非難めいた声音は一切ない。むしろ、この状況を面白がっている節がある。レティシアは深く膝を折ったカーテシーで、この無礼な振る舞いを謝罪した。

「私の非礼な振る舞いをお許しください。ですが……昨日お目にかかった際の、アレイト妃殿下の顔色が気にかかり、お目通りの機会を設けていただきました」

レティシアが言い終わると、アレイト妃は見開いた眼を瞬きもせずにじっとしている。

「……どうして分かったのかしら？」

アレイトは侍女たちにも体調の悪さを押し隠して過ごしていた。

細心の注意を払い、秘密にしてきたというのに、まだ九歳のレティシアに勘付かれたのが不思議だった。

「化粧でお顔の悪さは分からなかったのですが、お首との差がはっきりとしていたので、お体の不調を隠そうとされているのだと思いました。それと、はっきりと分かったのは、アレイト妃殿下の爪が真っ白だったので、貧血ではないかと確信しました」

アレイトは自分の爪に目をやると「ふふふ」と笑い出した。

「あんなにも気を付けていたのに……爪まではねぇ……」

今のレティシアは笑える状況ではない。ここで彼女を救わねば、ハリーがいつラスボス化するか分からないからだ。

ごまかされる前に、畳み掛けるように質問をした。

「アレイト妃殿下、みぞおち辺りが強く痛むのではありませんか？　それに、吐血や血便などの症状が出ていませんか？」

アレイトは観念したように、コクリと頷く。

「どういうことです、母上？　なぜそのような症状になるまで皆に黙っていたのです⁉　すぐに医者に掛かってください」

ハリーが堪らず声をあげて、悔しそうに拳を握っている。

「ハリー……。ごめんなさい……。ハリー王子殿下にご心配をお掛けして申し訳ございません。ですが、今たくさんの厄介事を抱えていて、この問題が片付くまで倒れるわけにはいかないのです」

（――ああ、このアレイト様も社畜っているわ……助けたい……）

レティシアはこの病状を知っている。

人に任せられなくて、任せる人もいなくて、なんとかしないとと足掻き続けて倒れるパターンだ。

「アレイト妃殿下‼　その問題は国王陛下が解決されます。いや、陛下と宰相様が解決すべきです」

アレイト妃が抱えている問題の多くは、国王と宰相がお互いの意見を聞かず暴走することにある。それをアレイト妃に丸投げしてきた二人が悪いのだ。

「アレイト妃殿下は吐血の回数が増えている状況を続けた先に何があるか、ご存じですか？『死』です。出血性ショック死です」

アレイト妃が唇を噛み眉根を寄せた。

これは心に効いている。

さらにアレイト妃の心に届くように言葉を重ねた。

「アレイト妃殿下を必要としている者は大勢います。ですが、アレイト妃殿下が死を覚悟してまでやらなければならないような問題は、一つもありません。ですから、医者に掛かり、しばらく静養しましょう」

前世で、辛いことが辛いと分からなくなっていた自分に声をかけるように話した。

ここまで言っても、まだ迷っているアレイト。

「……母上、私に最悪な悲しみを与えないでください」

悲痛なハリーの言葉で目が覚めたようだ。

「……分かりました。すぐに医者を呼びましょう。それと……今日から静養しましょう。私は意地になっていたのね。貴女のお陰で助かりました。何か褒美を差し上げなければいけませんね？」

待ってましたとばかりに、レティシアが一歩前に出る。

「ストレスの素……いえ、気に病むようなものを目に入れないだけでも、回復は早くなります。

この王宮を離れ、是非、静養のため我が領地でお過ごしくださいませ」

「まあ、あのルコント22滝がある所でしょう？　一度訪れたいと思っていたの。うん、決めたわ。シルフィナ王妃も誘って行きましょう」

あっさりと受け入れてもらい、レティシアは安堵した。

よし、領民全員で歓待するぞ‼

レティシアは心の中でガッツポーズを作った。

今度は王族一家がやってくる

　シルフィナ王妃とアレイト側妃の両妃殿下は、広がる畑や水車がゆっくりと回転をしている長閑（のどか）な風景を堪能しながら、馬車を進めてオルネラ村の先にあるルコント22滝の旅館までやってきた。

　村民たちは、緊張しながら旅館に逗留する両妃殿下を出迎えた。

　レティシアも領民と同じく和服姿に着替えている。

　和服といってもお端折（はしょり）を綺麗にする手間がない、上下セットの着物だ。これならすぐに着られるし、手間もかからない。それと、男性は作務衣（さむえ）姿で業務してもらっている。

　異国情緒を味わうには、まず見た目からである。

　レティシアは自分の継いだこの領地に、妃殿下お二方がいらっしゃる事実に胸を熱くする。

　とても光栄なことだ。

　今まで盗賊にまで見放された貧乏領地に、王族の方を迎える日が来るなんて、誰が思っただろう。レティシアは二人の妃の神々しさに、胸を一杯にさせていた。

　感無量だった。

　しかし、喜びで震えていた胸が、悪寒で震えだす。

それは……。

アレイト妃殿下とシルフィナ王妃殿下が領地に来るのは大歓迎だ。

だが、ラスボスと処刑裁定人と処刑執行人までくっついて来るなんて聞いてない。

ルコント滝の入り口の旅館に、豪華な馬車が何台も横付けされた時から、嫌な予感はしていた。

そんなわけで、レティシアは白々しく追い返そうと足掻いてみた。

「まあ、王子殿下自ら、両妃殿下をここまで送られるとは……。これより先は王室の警備に加えて、我が領民で警護しますので、是非ご安心ください」

だから、ここからは帰ってくれて大丈夫ですよー……。と付け加えたいが、そこはお口チャック。

「おい、俺たちを追い返そうとするなよ。前は二人っきりでお前の屋敷で夜を過ごしたではないか」

「ゴホッ‼　ななな何を言うのです‼　エルエスト殿下ぁ‼」

控えていた領民には聞かれてはいなかったが、両妃殿下とハリーには間違いなく聞かれた。

(やはり、この男は危険だ。距離を取ろう)

わなわな悪寒に加え、怒りで震える体に力を入れて、冷静を保つ。平常心に戻し、気合いで笑顔を作ってみたが、怒りはくすぶっている。

(なぜこんなところで言う? 空気を読めないの?)

悪気もなくヘラヘラと笑うエルエストに、殺意が湧いた。

そんなレティシアに、エルエストの焦りは理解できるわけもない。

レティシアがアレイト妃の病気を見抜き、静養をするようにと言った時、明らかにアレイト妃とハリーのレティシアを見る目が変化したのだ。

エルエストはそれを見逃さなかった。しかし情けないことに、牽制する手立てが他に思い付かない。

先にレティシアを見つけたのは俺だと言いたかった。

レティシアに、その魅力は他に見せつけないでほしいと願ったが、両妃殿下を出迎えるに当たって着ていた異国情緒溢れる服が、より一層美しさを際立たせていた。

つんけんする大きな瞳は、猫の瞳のようにコロコロ変わる。そんなレティシアの色々な表情をもっと見ていたかった。なのに、『もう帰って結構です』とばかりに冷たい態度を取られては、ハリーに牽制するついでに、つい意地悪もしたくなる。

ハリーよりも素速くレティシアに寄り添い、「では、旅館に案内を頼む」としっかりと横をキープした。

そんなエルエストの子供じみた態度も、両妃殿下は「若いって良いわね」と微笑ましく見ている。

ハリーも微笑んで、弟のすることを見ていた。可愛い弟の必死な様子に笑みが漏れそうになる。だが、エルエストに気付かれないようにしていた。せっかくの楽しみ……ではなく、癒しを隠されでもしたらもったいないからである。

そんな王族の一行が、旅館に入っていった。

「ホテルに入るのに、靴を脱いで入るシステムは斬新ね」

王妃のシルフィナが、王都にはない和風様式にワクワクしている。

「シルフィナ様、少し落ち着いて座ってはいかが？　あら‼　このお菓子がとても美味しいわ。あらまあ、こちらから見えるお庭が素敵よ‼　ほら、シルフィナ様こちらにいらして‼」

そう言うアレイト妃も日本庭園を眺めつつお饅頭を頬張っている。

「私は母上がこのように、はしゃがれているのを見るのは、初めてかもしれないな」

ハリーは母親が娘のように、キャッキャウフフとしている姿を、物珍しげに見ていた。

「どうぞ、一先ずお茶を飲んでごゆるりとお寛ぎください」

「レティシア様、待ってください」

部屋を出ようとするレティシアを、アレイト妃が止める。

そして、「ここの皆さんが着ているその服を着てみたいわ。いいかしら？」と、恥ずかしそうに尋ねた。

好奇心旺盛なアレイト妃がそう言うだろうと、レティシアは十種類の浴衣を用意していた。それに少しでも、王都から離れて気分を変えてもらうために、コルセットのきついドレスも脱いでほしかった。

「私が着ているのは着物という衣装ですが、リラックスしていただきたいので、こちらの浴衣という衣装を着ていただきます。どうぞこちらの絵柄から選んでください」

「まあ、初めて見るお花の服ね。どれにしようか迷うわ」

アレイト妃が一つひとつ手に取って吟味している。

その横にシルフィナ王妃が来て、白地にピンクと薄紫の朝顔の絵柄が入ったシンプルな浴衣を取り、「私はこれにするわ」と早々と決めた。うんうんと悩んでいるアレイト妃も楽しそうだ。

ほっとするレティシアは、医師と相談をするために部屋を後にした。アレイト妃の食事に関する注意事項を聞いて、厨房のスタッフと打ち合わせをするためだ。

この旅館には温泉はないが、個々の部屋に露天風呂が付いていて食事も部屋食である。しかも、アレイト妃たちは離れを使っているために警備はしやすくなっている。

大浴場を作りたかったのだが、さすがに貴族の奥方は誰も使用できないという理由で断念した。

だが、諦められないレティシアが部屋に露天風呂を作ると、これが大当たりで、連日予約殺到の旅館になった。

今回妃殿下たちもこの露天風呂で疲れを癒していただきたい。

「おい、俺たちも泊まりたいのだが部屋は空いているか？」事も無げに非常識なことを仰るエルエスト王子。

「無ければ、またお前の屋敷に泊まっても良いぞ」

「絶対にご用意します‼」

レティシアは食いぎみに返事する。

レティシアの形相にお宿の従業員が、予備の離れの清掃に飛ぶように走っていった。

この領地ではレティシアは女神のような存在であり家族でもある。その彼女が困った顔をすれば、領民は素早く動く。そして、その結果。数分後には『清掃が完了しました。ご案内可能です』とレティシアが報告を受けていた。

淡い期待をしていたエルエスト王子。

エルエストの意に反して、旅館での宿泊が決定となったのだ。

しかし、彼の諦めも相当悪い。

「俺のことを放っておいて屋敷に帰るつもりなのか？」

レティシアが一旦屋敷に帰ることを告げると、再び子供のようなことを言い出した。

「この旅館の従業員一同、接客は完璧です。ですから、私がいなくても何不自由無くご滞在いただけます。何かご要望がありましたら、すぐにベルで従業員をお呼びください。それでは、どうぞ心行くまでお寛ぎくださいませ」

レティシアが頭を下げると、スススと襖を閉める。

エルエストにはそれが劇の幕が下ろされたようで、一抹の寂しさを感じた。

「残念だったね。エル」

ハリーにとっては、喜劇を見せられていたようで、口を手で隠して笑いを堪えている。

「兄上、笑いが漏れてますよ。……それにしてもなぜ、男二人が同じ部屋で、寝なければならないのだ」

エルエストはレティシアが帰ったこととハリーに笑われたことで、不機嫌になっていた。

「ふふ、エルがここで泊まると無茶を言うからだよ。でも、私は久しぶりに兄弟で旅ができて嬉しいけどね。エルは？」

「……ちょっとうれしい……」

耳が赤いエルエストを見て、再び笑うハリーだった。

浴衣姿の王子が二人、旅館で寛いでいる。

ローテーブル（卓袱台）に低いソファー（座椅子）は、王子二人の距離を物理的にも近くさせた。

「この旅館というホテルは落ち着くね。レティシア嬢は本当に凄い才能を持っている」

ハリーが手放しでこんなにも女性を褒めるのを見たことがなかったエルエストは、表情を硬くする。

「エル、そんなに難しい顔をしなくても、彼女を取らないよ」

「え、本当に？　兄上もレティシアを気に入ったのではなかったのですか？」

そんなに嬉しそうな顔で問われると、片思いの弟が心配でもあるが、ちょっとからかいたくもなる。

レティシアが大切にしているのは、この領地と領民だ。それは昨日初めて訪れたハリーにも分かるほどで、領民たちとエルエストの比重が簡単に変わるとは思えない。この先に起こる弟の苦労を思うとなんとも言えない。

「彼女は本当に領民と仲がいいのだね。あまりに貴族や平民など分け隔てなく話すから、誰が貴族かそうでないのか分からないくらいだよ」

「そうなんです、兄上。レティシアは繋ぎの服で領地を駆け回り、畑も耕すし、ペンキも塗る。それに領民一人一人を家族のように名前で呼んで大切にしているんだ」

目を輝かせてレティシアを語るエルエストを微笑ましく思い、ハリーが笑う。

「ふふ、エルは本当にレティシア嬢を気に入ったんだね。じゃあ、玉砕覚悟でぶち当たっていくのもいいんじゃないかな」

「……砕け散るのは嫌だけど……。今まで見てきた女の子とは全く違うから、接し方すら分からない……」

項垂れるエルエストに、兄として応えたいのはやまやまだが、適切なアドバイスが思い付かなかった。

◇□　◇□

アレイト妃の胃は劇的に良くなっていった。

ストレスの素となった宰相との橋渡しを国王に任せて、自由になったその日から、アレイトは胃の痛みがなくなっていた。

一緒に滞在している、妹のように仲の良いシルフィナ王妃とのんびり過ごす時間が、彼女の心を穏やかにしている。

そして、何より医者の薬とここでの白魚や豆腐といった胃に優しい和風料理が、胃を癒した。

可愛い王子たちは、度々旅館を訪れて母親たちの様子を窺いに来てくれる。こうして体と心のケアをした結果、アレイト妃の活動が活発になってくるのは必然である。

「ねえ、シルフィナ妃殿下。せっかくルコントにいるのだから22の滝を見に行きませんか？」

アレイト妃の誘いに、王妃シルフィナも二つ返事で答えた。

「ええ、私も一度行きたいと思っていましたの。だってドルト伯爵夫人が三回も訪れて絶賛されているのですよ。この機会を逃したくないですわ」

この日はちょうど二人の王子も母の元を訪れていたので、四人揃って滝を見に行くこととなった。連絡を受けたレティシアもルドウィンの町から合流する。

両妃殿下は普段ならば、絶対に着ることのないズボンに足を通し、簡素な長いシャツを着用。

「まあ、アレイト様お似合いですわ」

「うふふ、そう言うシルフィナ様も可愛い男の子のようよ」

少女のように会話する母親たちを見て、息子二人は微笑む。

彼女たちがどれほど気を引き締めて王宮で過ごしているか、そして、ここでの生活で癒されているかを知ったのだった。

「両妃殿下、どうぞご無理のないようにお願いします。ルコントの滝は二十二ありますが、初めての方は半分を目標にしてください。でないと、明日動けないほど筋肉痛になりますので」

レティシアが気遣って、少なめに設定し出発する。

護衛の騎士も入れると大所帯の移動に加え、これほどまでに大掛かりな警備は初めての経験だ。

警備も大変だが、お二人の感想が悪いものだったならば、ルコントはまた経営難に陥るのだ。

レティシアも村の人々も、両妃殿下の行動を固唾（かたず）を呑んで見守っていたが、その心配は杞憂だった。

両妃殿下は滝を見る度にじっと立ち止まり、その滝の美しさに感動し、いかに素晴らしいかを語った。

そして、滝のないところでも川の美しさに心を奪われ、その流れに手を浸し、『冷たいわね』と喜んでいた。

五つの滝を見たところで、アレイト妃の体を心配したレティシアが休憩を入れる。

ちょうど川が開けて流れも穏やかになり、大きな平らな岩が広がっている場所だ。

「アレイト妃殿下、この辺りは大岩が多くそこにクッションを敷きますので、どうぞここで足を伸ばして休憩なさってください」

平らになった大きな一枚岩に、ふかふかの綿を入れた敷物を敷くと、早速妃殿下のお二人と王子二人はその上に上がった。

アレイト妃が靴を脱ぎ足を伸ばすと、三人も靴を脱いだ。

「大自然の中、川のせせらぎを聴きながら、足を伸ばして空を見るなんて初めての体験だわ。なんて気持ちが良いのでしょう」

アレイト妃は、言い終わるとゴロンと仰向けに寝そべった。

「母上、さすがにそれは行儀が悪いですよ」

焦ったのは息子のハリーだった。さらにエルエストも普段見ないアレイト妃の行動に目を見開いて驚いていた。

こんなに自由にしているアレイト妃は初めてで、人前で寝っ転がるアレイト妃に王子二人は顔を見合わせた。

「こんな大自然の下で堅苦しくしているなんて、もったいないですわ。もっと自由に、もっとおおらかに考えてご覧なさい」

アレイト妃に言われ、王子二人は渋々寝っ転がる。

するとエルエストの目に澄み渡る青空が広がった。目線を移すと青々とした緑の隙間から光がさしている。木漏れ日だ。川の流れる音は優しく耳をくすぐる。

ルコント領が観光地として人気を博している理由が分かった気がした。都会の喧騒とは無縁のこの場所は本当に癒されるのだ。

「ハリー王子殿下、エルエスト王子殿下、ルコント・ソーダをどうぞ。よく冷えていますよ」

エルエストが青空から顔を向けると、レティシアが微笑みながらソーダの瓶を持っていた。

爽やかな光に溶けるように微笑むレティシア。そんなレティシアに見とれてルコント・ソーダを受け取らずにいると……。

「私がもらうよ」

レティシアの手から二本の瓶を受け取ったのは、ハリーだ。

（俺がレティシアから直に受け取りたかったのに……）

ハリーはわざわざレティシアから受け取った瓶を、茶化すように微笑みながらエルエストに渡す。

エルエストはからかわれたのをすねたが、すぐに思い直してハリーに話しかけた。

「兄上、蓋の開け方を知っていますか？」

「え？　……ああ……。知らないな。教えてくれるの？」

エルエストは、その問いには答えず、ビー玉の上に玉押しをのせ、掌で強く押して見せる。

するとポンッと軽やかな音とともにシュワワーと炭酸が弾ける音が響いた。

ハリーも同じように真似をして、ソーダを開けた。

初めての炭酸ならば、誰もがその弾ける飲み物に驚く。

エルエストは二度目だから、よく知っているはずなのにハリーに「この飲み物は一気に飲むものですよ」と言い一気に瓶を傾け飲み始めた。初めてのハリーも、それを真似て一気に飲み続ける。

「初めてでしたら、ゆっくり飲んだ方が良いですよ」とレティシアが慌てて忠告するも、止めることなく一気飲み。

苦しそう。

それはそうだ。

炭酸一気飲みなんて、ゲップを出さないと吐いてしまう。

二人は飲み終わると口を押さえ、勢いよく誰もいない上流へと走りだした。……と、しばらくしてから笑い合って帰ってきた。

「ははは、兄上があんなに……」

「からかったのは悪かったよ。でも、言わせてもらえばエルの方が下品だった」

両妃殿下は息子たちが何を笑っているのか分からないだろう。

でも、レティシアは知っている。

だから、なぜエルエストがハリーに嘘をついてまで一気飲みをしたのか理解に苦しんだ。

レティシアが怪訝な顔をしているので、王子二人は威厳を保つためなのか真顔で質問をしてきた。

「この喉を刺すような感覚は、体に毒ではないのだな？」

ハリー王子がコホンと咳払いしてわざとらしい顔で質問する。

王族に体に悪い物を渡すわけがない。

「もちろんです。これは自然由来の飲み物です」

レティシアの説明に頷き「だそうです。両妃殿下もどうぞ」とハリーは母と王妃に目で勧める。

二人の妃殿下も恐る恐る口に含み、そのシュワシュワ感に目を真ん丸にするが、すぐにごくごくと飲み干した。

「美味しいわ。本当に今まで味わったことのない感覚の飲み物ね」

アレイト妃もシルフィナ妃もご満悦である。

小鳥が囀り、流れの緩い川の流れに足を浸し、両妃殿下はすっかりこの場所がお気に召したようだった。

そのままこの場所で昼食を摂り、最後の滝には行かず、八番目の滝を見て一行は帰途に就く。

アレイト妃の体調を考慮した結果だ。

この滝ツアーでも、レティシアは率先して機敏に動き、両妃殿下に心を砕いて寄り添っていた。

そして、その働きは昨日今日初めてしたことではないと分かるほどに、流れるように気遣いができているのだ。

レティシアがリスのように動きながら、庶民と一緒に地面に腰掛け、談笑する。

だが、王族の四人は否定的には捉えず、好ましく見ていた。

特に二人の王子は、レティシアの行動から目が離せないのだった。

アレイト妃が元気になってくると、レティシアは次に南部のルドウィン町にお出掛けしませんかと提案する。

レティシアが作ったウエスタン調の町だ。

妃殿下二人を一番初めのお客様にするために、開業を遅らせていたのだが、ようやく日の目を見ることになった。

「まあ、ルコントの新しい町を最初に体験できるのね。嬉しいわ」

シルフィナ王妃はノリノリである。

「私は既に情報を少し得ておりましてね。ステーキやハンバーガーといったまだ味わったことのない食べ物を早く食べたいわ」

アレイト妃の発言から、彼女の胃潰瘍はほぼ全快しているようだ。

食欲旺盛な彼女は、和風もいいがそろそろガツンと腹に溜まる料理を所望されることが多くなっていた。

そこで、ルドウィン町の出番となったのだ。

まさにお披露目に相応しい。

この日に、前々から約束をしているドルト伯爵夫人も呼んでプレオープンである。社交界のインフルエンサーである、両妃殿下とドルト夫人がここで楽しんでくれたなら、宣伝効果は抜群である。

こんな時には、すかさず二人の王子もやってくるが、学校や、業務はお休みしても大丈夫なの？と心配になる。

しかも、エルエストの場合そろそろヒロインのマルルーナ嬢と出会って、メロメロにされているのではないのだろうか?

それなのに、全くヒロインの影すら感じないのはなぜなのかと……。

レティシアは、エルエストが豹変するかもしれない恐怖で、いつもびくびくしている。

そんなことを気にしているレティシアに、エルエストはいつも通りレティシアの横の位置をキープし続けていた。

「へー……ここがウエスタンの町か……。ルコントの滝付近での服装と違って、ここの男たちは格好いい服装をしているんだな」

エルエストは町で歩いている男性の服装をずっと目で追っていた。

王子といえども、やはりウエスタンシャツや、ジーンズ、それにカウボーイハットが珍しく、着てみたいようだ。

「あの服装は、あちらのお店にてレンタルで着ることができます。さらに奥のお店では、あの服を購入することもできますよ」

営業脳をスイッチオンさせたレティシアの目は、太客を見つけた商人そのものである。

「そうだな。着て良かったら買おう」

レティシアの横にいたばかりに、ジーンズショップの中へと強引に引きずられるように入るエルエスト。

それを横目で見ながら、怖々後に続くハリーは、お店の入り口で様子を窺っていた。

お店の中では、エルエストが試着室で次々に服を着替えさせられている。

そして、試着室から出てくる度にレティシアの接客トークが炸裂していた。

「まあ、さすがエルエスト王子殿下ですわ。脚が長くてジーンズがお似合いです。しかもそのシャツは銀髪の髪がより一層映えます」

「そ、そうかな。似合っているのか？」

「もちろんですわ。このカウボーイハットを被って、こちらのウェスタンブーツを履いてください」

レティシアに褒められて、上機嫌で試着室から出てくるエルエスト。

それを店内の隅っこで見ているハリーには、おだてられて、頭の先から爪先まで一式全てお買い上げの罠に落ちたエルエストが、生け贄の子羊に見えてくる。

「怖い……エルが捕まっている間に店の外にでよう」

後ろ歩きで店の外に出ようとしたところ、レティシアがいつの間にか、ハリーの横にいた。

「まあ、こちらの商品を気に入ってくださったの？」

いつの間にか、ハリーはマネキン人形にしがみついていたようで、それを是非試着してみてくださいとレティシアに言われ……。

あとはエルエストと同じ末路を辿ったのだった。

兄弟仲良くウエスタンコーデに身を包み、町に出る。

「いつもは堅苦しい服だし、こういうのもいいね」

気を取り直したハリーがエルエストを向くと、エルエストはなぜかご機嫌斜めになっていた。

「エル、どうした？」

「いや……。なんでもない」

エルエストはそっぽを向く。

実は、エルエストが試着した時間よりも、ハリーの方が倍の時間が掛かった。

その間中、レティシアの褒め殺し接客を聞いていたエルエストは、面白くなくなったというわけなのだ。

「まあ、ハリー王子殿下もエルエスト王子殿下も町に溶け込んで、とても素敵ですわ」

レティシアの店の外での一言に、エルエストの機嫌も直ったようだ。

「ところで、母上たちはどこに行ったのかな？」

王子二人は服を着替えている間にいなくなった母の行き先を尋ねた。

「うふふ、お二人は今乗馬を楽しまれています」

レティシアのこの言葉に二人の王子が青ざめる。

「乗馬？　いくらなんでも危ないではないか!!　あの高さから落ちれば怪我をするぞ」

アレイト妃を心配するハリーが、珍しく声をあげた。

「ご安心ください。乗馬といってもポニーでの乗馬です。ここでは男性用の馬と女性用の馬を用意しています。さらに、乗馬コースもそれぞれご用意しているのでご安心ください」

「なんと……、至れり尽くせりだね」

安心したハリーが乗馬の初心者コースに行くと、両妃殿下にドルト伯爵夫人まで一緒になって乗馬を楽しんでいた。

王子に気が付いたアレイト妃が、こちらに向かって大きく手を振った。

「母上のあんな溌剌（はつらつ）としたお顔を見たのは、本当に久しぶりだな」

ハリーはそう言いながら、母に手を振り返している。

「そう言う兄上の穏やかな顔も久しぶりに見ましたけどね」

「そうか？　……そうかもしれないな」

二人の王子の穏やかな時間が過ぎていった。

乗馬を終えた一行は、レストランに入り、厚切りのステーキを食べることになった。

鉄板にジュージューと音を立てて焼きたてが出てくる料理は初めてで、ドルト夫人を含めた五人は、ステーキに釘付けになっている。

特に王族は、毒味係を通して運ばれてくる間に料理が冷めていることも度々である。

なので、このように熱々な食べ物とは縁がない。

「熱々を食べていただきたいので、僭越ながらこの場で私が毒見をさせていただきます」

焼ける鉄板の上の肉を料理長が少し切って皿に載せる。レティシアはそれを受け取り、肉汁滴る一切れをパクリ。見ていた王族はごくりと唾を飲んだ。

「鉄板が熱くなっているので、お気をつけて召し上がってください」

給仕に言われ、目の前に置かれると、王族の四人は食欲をそそるその香りにすぐにナイフを入れる。

一口食べると、にんにくが効いたガツンとくるパワーのある味を次々に頬張っていく。

そこに『ルコントの名物のルッコーラです』と赤黒い炭酸飲料が出され、全員不思議そうに眺めた。

「これはルコント・ソーダとはまた違う飲み物なのね？」

なんでも試してみたいドルト夫人が、再び躊躇なく飲む。

「うーん、とっても美味しいわ。私はルコント・ソーダよりもこっちの方が好きかも」

ドルト夫人のお墨付きに、王家の四人がゲップを恐れつつもグラスに口を付けた。

「あら、本当美味しいわ」

シルフィナ妃殿下も、頷く。

（うふふ、これでルコント・ソーダとルッコーラも人気が出るわ）

ほくそ笑み、頭の中のそろばんをはじくレティシア。

しかもこのルッコーラの開発には、今回もマイクが関わっているので、マイクに一財産を築いてもらえることは確実である。マイクの喜ぶ顔を思い浮かべては、せっせとルッコーラをふるまうレティシアだった。

昼食が終わると、早めにホテルに入りゆっくりしていただこうと思っていたのだが、両妃殿下がお土産屋を見て回りたいとのご要望があり、急遽計画を変更してバタバタしたけれど、概ねうまくいった。

その後、王子たちは王宮に帰るが、この時にエルエストが、屋敷に帰るレティシアを馬車で送ろうと言い出した。

早く一人になりたいという望みを隠し、「ありがとうございます」と馬車に乗ったレティシア。

だが、今回は馬車に乗せてもらえたのを深く感謝することになる。

「おい、着いたぞ」

頬を撫でる温かい感触と、優しい声に起こされたレティシア。

目の前には、映画の中から出てきたの？と勘違いするほどの美貌の持ち主が心配げに見ている。

「イケメンさん、おはようございます」

「おい、寝ぼけるなよ。俺だよ」

ゆっくり覚醒したレティシアが、目をぱちぱちとしながら、エルエストの顔を認識作業中。

頭がようやくはっきりしたところで、自分の状況を理解し焦る。

なんと、エルエスト王子の膝の上に横抱きにされて、ぐっすりと寝ていたのだ。

これはいったい……。

どーゆーこと?

まだ寝ぼけているのかなと思ったが、そうではなかった。

「レティー。お前、働きすぎだ。こんなに目の下に隈を作って……、昼のご飯もほとんど食べてなかっただろう?」

心配げに頬を撫でる指に、レティシアが混乱する。

可愛いのに、甘ぁぁーいい‼

こんなことされたら、レティシアでなくても、万人が間違って堕っこちるわ。

レティシアは、小説の主人公の魅惑の行動に戦々恐々とする。

「ほほほ、大丈夫ですわ」と答えながらゆっくりと王子のお膝から逃げる。

ここで、場の雰囲気を弁(わきま)えないお腹が『ぐうぅぅ』と。

レティシアの顔が恥ずかしさに真っ赤になった。

「ははは、顔にペンキを付けていても平気なのに、それは恥ずかしいんだな」

デリカシーのないエルエストの言葉にムッとしながらも、今日一日の行動を振り返った。

そういえば、食べようと思ったけれどお腹が空いているのに食べられなかったんだ。

エルエストに言われて初めて、自分の体調の変化を考える。

思い起こせば、数日前から食欲がなかったのだが、レティシアは自分の体調が悪くなっているのを全く気付かずにいた。

王族が初めて自分の領地に来たことで、常に気を張っていたのだ。

粗相があってはならない。怪我をされないようにしなければならない。警備はこれ以上ないほど厳重に。気を悪くされないように、体調を崩されないように……。

何より、これまで頑張ってきた領地の人々の努力を無駄にしないように、失敗してはならない。

この重圧を一人でこなしてきたのだ。

妃殿下の接待を昼間にし、屋敷に帰っては明日の計画を見直し、掛かった費用の算出……。やることは一杯ある。

「明日は休め」

明日のことを考えていたレティシアに、強めの言葉をかけるエルエスト。

エルエストの態度には、うっかりレティシアが仕事をしていようものなら、監禁されそうな威圧感がある。

「……で、でも、明日は皆様にパターゴルフをして楽しんでもらおうと思って、色々従業員と準備をしてきたのに……」

今回のパターゴルフ場はこのルドウィン町に隣接する土地に作ったものだ。

ゴルフ場を作るより前に、我が領地のコンセプトが『家族で楽しめる』なので、お子様からご婦人まで楽しめるようにパターゴルフにした。

この場所を是非じっくり紹介したいと考えていたのに、自分が行けないなんて‼

レティシアは、熱意を分かってもらおうと、うるうるした瞳をエルエストに向ける。

「明日は、我が領地の運命が掛かっています。あの、ドルト伯爵夫人にも楽しんでもらって、大いに宣伝をしてほしいですし……。何より準備をしてきた領民のためにも私が休むわけにはいきません」

レティシアは必死だった。

困った顔のエルエストが、長いため息をついた。

唸るエルエストは、レティシアを明日行かせるのか、休ませるのか迷っているようだ。

ここで、もう一押し。

レティシアはもう一度、頼み込むためにエルエストの手を握る。

「お願いします。決して無茶はしません。しんどくなったら休みます。だから……」

この説得で、エルエストの眉間の皺がなくなった。

しかも少し顔が赤いような気がしたが、エルエストがすぐに顔を逸らしたので分からない。

レティシアはそれよりも、エルエストがどう返事をするのか、それだけが重要だった。

「……お前が必死にこの領民と手掛けて来たことは知っている。熱意も分かる。明日は俺が迎えに来るから、それまでゆっくりしているんだぞ」

レティシアの顔がぱあーと晴れる。

「ありがとう、エルエスト殿下」

あまりの嬉しさに、抱きついてしまう。

しまったとばかりに、離れるレティシア。その腕を掴んで引き寄せ、もう一度抱き締めるエルエスト。

「ふお？」

レティシアは驚き変な声が漏れる。

エルエストは彼女の耳に唇を寄せ「今日は何もせず、すぐに眠ること。仕事はするな。分かった？」

とろけるように優しくそう言われたレティシアは、イケボが耳に響いてふらふらする。

こんなに近くで異性の声を聞いたことなどない。

前世でも、イヤホンや電話から聞こえる以外、生声は初めてなのだ。

エルエストはそれだけ言うと、体を離し「じゃあ、明日」と爽やかに去っていった。

「なな……なんなの？」

レティシアは床に座り込む。

「あんなに近くで言わなくても、聞こえるわよ。抱き……抱き締めて言うなんて、腰が抜けるじゃない」

しかし、始めにエルエストに抱きついたのは自分だったと思い出し、赤面する。

「そうだ、人のことを言えないわ。明日から距離感を正しくしましょう」

度々接しているうちに、気安くなってうっかりしたが、相手はこの国の王子様だ。

いや、元々エルエスト王子のパーソナルスペースが、人より狭いのかもしれないな。

それを間違って、うっかりドキドキしてしまうなんて……恐ろしい。

そう、勘違いしてはいけない。ここで小説のように恋心を持ってしまえば、投獄からの処刑へ道まっしぐらなのだ。

(危なかった。これは小説の物語の強制力が働いたのね。強制力に負けて、絆されそうになるなんて……)

「しっかりしなさい、レティシア!!」

レティシアは自分で頬を叩き、立ち上がる。

そして、書類を片付けようと山積みの用紙に手を伸ばしたが、エルエストの悲しげな表情を思い出し、手を止めた。

「今日はもうお風呂に入って、寝よう」

仕事人間のレティシアが、珍しく早くにベッドに入ったのだった。

昨晩、就寝時間が早かったので、今朝の目覚めはスッキリしている。これもエルエストのお陰だとレティシアは素直に感謝した。


今日は、パターゴルフを十八ラウンドするので、短めのスカートを着る。

とはいえ、ミニスカートではない。

脛の辺りのスカート丈である。

あれこれと用意をしていると、エルエストが決めていた時間よりも一時間も早めに迎えに来た。

「お忙しいところ、お迎えに来ていただいて、本当にありがとうございます」

王族に迎えに来てもらい、恐縮する。

「ああ、約束したから……それに……」

そう言うと、エルエストは後ろを振り返る。

「ごめんね。エルが君を迎えに行くと聞いたものだから、是非君の住んでいる所を見たくなって、一緒についてきてしまった」

丁寧に許しを乞うように、頭を下げるのは、ハリーだ。

（――っなんてこった。この汚い我が家に、二人の王子を招き入れる日が来るなんて思いもしないじゃない）

レティシアは昨晩、少しでもあのワンルームとして使用している食堂を掃除していなかったことを悔やむ。だが、今さらなのだ。

既に、エルエストにはばれているし、さらにハリーにもズボン姿で貴族らしからぬ格好で地べたに座っているところを見られているのだから、今から取り繕っても遅いのである。

覚悟を決めて、書類の山と化したワンルーム＝食堂に二人の王子を招き入れた。

「これは凄いな。ベッドの枠組みはなくて、マットだけ。同じ部屋にソファーと机。そしてこの場所でご飯まで食べているんだ」

ハリーは目を輝かせて、見て回る。

あまり見られたくないレティシアは、出掛ける準備を急ぐが、興味津々のハリーはキョロキョロと見回す。

ここで、ハリーが本来いるはずの侍女や執事が、この屋敷にはいないことに気が付いた。

「ルコント伯爵家を継いだというのに、未だに一人の使用人もいないなんて、困るだろう？」

エルエストもこれは気がかりだったので、ハリーにこの状況の困った点をいくつか教える。

「そうなんだ。一人だからご飯もまともに食べていないんだ」

「そんなことはありません、適当に何かしらは食べていますわ」

レティシアはこの一人暮らしを終わらせてなるものかと、釈明する。

「『適当に何かしら』ね……。そういうのは大体いい加減なものしか食べていないって言っているようなものだね」

ハリーの言葉にぐっと言葉を詰まらせるレティシア。

「じゃあ、昨日は何を食べたの？」エルエストの質問は非常に厳しい。

なぜなら、昨日レティシアが食べたのはポタージュというには薄すぎるスープにバンズの残り。

「き、昨日は時間もなかったのですが、ちゃんとポタージュスープとパンを少々……」

この証言の裏付けを取ろうとしたのか、わざわざハリーが調理場に置かれた鍋を見に行く。

「えーと、この水のようなポタージュのことを言っているのかな？」

「……」

レティシアは二人の王子に追い詰められていくのだった。

食事を適当に食べていると言ったのが間違いだった。厳密には言っていないが、しっかりと不摂生がバレてしまった。

日頃の食生活にダメだしをされて、俯くレティシア。

さらに、山積みの書類にも言及された。

「ねえ、この書類の量は尋常じゃないよ。こんなにもたくさんの書類をレティシア一人で終わらせようとしていること自体、無理なんだ」

エルエストが机をコンコンと叩く。

「そ、そんなことはありません。夜中まで目を通せばなんとか、間に合っています」

この言葉で、さらに二人に心配げな目を向けられた。

「夜はきっちり寝ているんだよね？」

「ええ、その……適当に……」

二人の王子が目を眇る。

その目を逸らすように、横を向くレティシアを見て、二人の王子はアイコンタクトで頷き合う。その瞬間、レティシアが知らないうちに、レティシアに関する何かが決定したようだった。

まず口を開いたのはハリーだ。

「いいかい、レティシアは私の母の恩人でもある。その恩人がこのような惨めな暮らしをしているなんて、私が許さない」

――惨めって……。

レティシアは困惑する。自分にとって、優雅な一人暮らしを満喫中だったのに、それを惨めな暮らしと言われてしまったのだ。

しかも、その話しっぷりから、この満ち足りた生活が終わろうとしているではないか。

止めなければ‼

レティシアは、「でも、この生活に私的に不満はなく、むしろ……」

「この生活に不満がないだって⁉」

エルエストに、目を剥かれて怒られる。

「やはりこのままではダメだな。エルが言っていたように侍女と執事の手配をしなければいけないな。それに不用心すぎる。護衛の騎士も必要だ。護衛騎士は、私に心当たりがある。えーと、侍女は……」

口を挟もうとレティシアが言い掛ける。

「あの……私は……」

しかし、二人には聞こえていない。

「兄上、大丈夫です。侍女については、信用できる人物を俺が確保できます」

「も、もう決まっているの……？」

レティシアの質問にさらりと答えるハリー。

「二人で話し合った上で、決めたのだ。彼女には貴族としての教育も必要だ。私はマナー教師と家庭教師も準備している」

「話し合ったって？　いつ……？」

レティシアの今後が、レティシア本人の前で次々と決められていく。

しかも、その本人であるレティシアの意見は全く反映されるどころか、無視されている。

元々このような話になったのは、昨晩エルエストが王子宮に帰った時に遡る。

「帰りが遅いから心配していたんだ。何かあったのか？」

ハリーが遅い帰りの弟を心配して、待っていた。

「兄上、レティシアのことが気になって屋敷に送りその後、しばらく一緒にいたのですが……」

エルエストは再びさっきまで一緒にいたレティシアの窮状をハリーに教えた。

現状を聞いたハリーは、信じられないと首を振る。

「まさか、侍女も執事も、警護の者もおらず一人で屋敷にいるなんて、危ないだろう」

「そうなんです。しかも、一人で領地の管理をしているため、部屋に書類を山積みにして経理の仕事もしているんです」

ハリーとエルエストが頭を抱え、レティシアにとって最善の環境を作るために動き出した。

これが昨晩の出来事である。

そして、現在。二人の協定により、レティシアは自由という名の汚部屋生活の終了を迎えようとしているのだ。

青菜に塩とは現在のレティシアの状態を差すのだろう。

二人の王子の話し合いには割り込めず、どんどんと規律正しい生活をすべきだと諭されて、侍女、警護の兵士、マナー教師に家庭教師を付けられてしまった。

あれよあれよと言う間に、決まっていくと同時に使用人との契約書にサインを求められる。

以前に叔父にサインをしろと強く言われた時を思い出す。あの時は、誰がするものかと逃げられたが、今回それはできない。

「ほら、ここにサインして」

言い方は優しかったが断れない感で言うと、こちらの方が無理矢理に近い。

レティシアは言われるがままに、しおしおと萎れてサインする。

ため息をつく間もない。

ハリーはレティシアのサインを確かめてから、レティシアの隣に座る。

しかし、エルエストは突っ立ったままで、レティシアの隣にも前にも座れないでいる。弟の不甲斐なさに首を振る。そして、促すようにレティシアの空いている方を見て合図を送った。

おずおずと座るエルエストに、ハリーは小さなため息が出る。

（他の女の子に接する態度も冷たすぎていただけないが、レティシアに対しては奥手というか、気持ちもつかめず右往左往か……。ずっと空回りを続ける弟のためにもここは私が一肌脱ぐか！）

ハリーは新しい契約書を胸ポケットから出して、レティシアの前に置く。

「ほら、ここにもサインをしてくれるかな？」

にっこり微笑みながら、指を差している手を動かさないのでレティシアは、何が書かれているのか分からない。しかし、第一王子の圧が怖すぎて、大人しくサインしようと手を伸ばし言われた箇所に名前を書こうとした時、エルエストの言葉で留まった。

「その用紙に、雇用条件が書いてあるけどなんの契約書？」

レティシアは慌ててハリーの手から用紙を抜き取り、内容を確認する。

「『領地経営が辛くなった暁には、王子宮の侍女として働く』ってこれなんですか？」

レティシアは驚きの声をあげた。

「バレたか」と舌を出すハリー。さらに、「エルエストが喜ぶと思ってね」と。

「お、お兄様！」

エルエストが拝むように手を組んでキラキラした眼差しでハリーを奉（たてまつ）っているが、レティシアは恐怖でそれどころではない。

（やはりラスボスは、私を王子宮で働かせようとするのかしら？　危ないわ。サインする時には何度も読み込んでしないといけないわね。でも、ハリー王子って舌を出して悪戯っ子のように笑ったりする人物だったかしら？）

小説とは違うハリーに、驚くレティシア。

それにはエルエストも、真面目な兄のいつもと違う行動に驚いていた。実際には弟を応援しているのだが、そんな兄がいつにも増して魅力的に見えてしまう。

まずいな。レティシアも、このままでは兄上の虜になってしまわないか？

そう焦るエルエストだが、レティシアにとってハリーはラスボスとしか映っていない。

厳密に言えば、ハリーもエルエストも、レティシアにとっては未だに恐怖の対象なのである。

そんなレティシアの心理的状況で乗った馬車内では、王子様とは距離を置きたいレティシアと、詰めたいエルエスト。さらに弟を応援したいハリーの三者三様の心理戦が行われていた。

簡単に説明すると、膝の上で固く手を握っているレティシア。レティシアの横でどうやってその手を握ろうかと悩むエルエスト。そしてハリーは外の景色を見るふりをしながら弟を応援。

結果はハリーの応援空しく、エルエストはきっかけがつかめないまま、パターゴルフ場に着いたのだった。言わずもがなである。

そんな状況など何も知らないアレイト妃もシルフィナ王妃も、ドルト伯爵夫人も、動きやすいドレスに着替えてヤル気満々だ。母たちの姿を見て、少し落胆していたエルエストも気持ちを切り替えた。

「この木の棒……パターという棒で小さなボールを打って、転がしながらあの小さな穴に入れるのね？」

シルフィナ王妃が、レティシアに尋ねている。

「では順番を決めましょう」と仕切っているのはドルト伯爵夫人だ。『初めて』と名の付くものは、なんでも体験したい。そんな彼女はこの競技が楽しみでならないようで、ワクワクして芝生に一番乗り。

だが、その感じ、アレイト妃も一緒のようだ。アレイト妃は元々体を動かすことや勝負ごとが大好きなのだろう。競うとなったら、我が子にも勝ちたいと言い出し、結局王子も参戦することになった。

ここでドルト夫人が、『一位の人のお願いを最下位の人が叶える』という罰ゲームを発案。

この提案にレティシアは呑気に、「さすがはドルト夫人ですわ。よりゴルフのプレイが楽しめますね」と言っていたが、まさか一スタッフの自分がプレイヤーとして参加するとは思っていなかったのだ。

「まあ、ルコント卿も一緒にプレイされるのですよ。さあ、これを持って楽しみましょう‼」

ドルト夫人の勢いに押されて、レティシアはパターを受け取ってしまった。

まあ、自分は経験がある。他の五人は初心者だ。だから最下位になるはずがない、とレティシアは油断していた。

それこそ始めは、経験のあるレティシアが優位だったが、それも三ホールまでだった。

その後、要領を掴んだエルエストがパターでなんとホールインワンを連発。

そして、終わってみれば一位はエルエスト、二位はアレイト妃、三位にハリー、四位ドルト夫人、五位にシルフィナ王妃。最下位はレティシアだった。

「楽しかったわ。今日は体をたくさん動かせて本当にすっきりしたわ」

元気溌剌(はつらつ)なアレイト妃は、すっかり体は回復している。それに比べ、レティシアは最下位になり力なく項垂れていた。初心者の人たちに負けてしまった衝撃もある。

しかしなんといってもショックなのは、エルエストが妙に目をギラギラさせ、血を滾(たぎ)らせているのが怖くて仕方ないからだ。

「じゃあ、トップの俺の願いを聞いてもらおうかな」

満足気な瞳をキラキラ輝かせているのだから、嫌な予感しかしない。

何を言われるのか戦々恐々とし、エルエストの願いが簡単でありますようにとレティシアは祈るばかり。

「休みも兼ねて、一週間俺の専属侍女になってもらおう」

ひーぃぃぃぃぃ。

やはり、レティシアを王宮の侍女にと固執するのは、小説の流れに呑み込まれているのか？

「……ちょっと待ってください。私はこの領地ですることが山ほどあるのです。ここを離れるわけにはいきませんわ！」

「それは大丈夫だよ」

隣からハリーが答える。

ハリーの方を振り向くと、こちらも悪戯が成功した時の子供のような顔をしていた。

「仕事が溜まったなら、私たち兄弟が手分けしてその業務を助けるから。一週間離れてもすぐに取り戻せるさ」

「それよりも、まずレティーの侍女をなんとか先に手配しよう。心当たりがあるから任せといてくれ。その者が領地に何かあればすぐに連絡をくれるだろう。だから、侍女が来て落ち着いたら、王子宮に呼ぶからね」

後ろでご満悦のエルエストが、付け足した。

レティシアはため息をつき、諦め、ここは潔く負けを認めた。勝負に負けたからには、罰ゲームを受けるしかないと。

王子二人は、ドルト夫人が罰ゲームを言い出した時から、こっそり計画を立てた。

それは、パターゴルフの勝負に、どちらかが一位になり、最下位になるだろうレティシアを勝った方の専属侍女になってもらうというものだった。

「兄上、どっちが勝っても負けても、恨みなしですよ」

「分かっているよ。それより私の母が一位になる可能性が高いことが怖いんだ」

そう、アレイト妃は運動神経が抜群で、このような競技はすぐにコツを覚えて勝ってしまうのだ。

途中経過では、やはりアレイト妃が一位で、二人の王子が大いに焦っていた。

疲れているレティシアが精細を欠いて、最下位になるのは分かっていたが、このままでは全く面白くない罰ゲームとなってしまう。

ハリーと接戦になるだろうと思っていたが、ハリーのボールが運悪くレティシアのボールに当たったために大きくコースから逸れてしまったのだ。これによってエルエストと差がついてしまった。

そして、結果はエルエストが勝って、レティシアを一週間傍に置ける権利をもぎ取ったのだった。

その五日後、アレイト妃の体調もすっかり良くなり、ストレスも発散できたその顔色は、このルコント領に来た時とは全く別人のようだった。

「ルコント卿、長きにわたり本当にお世話になりました。あなたがこの領地に誘ってくれたお陰で、あの王宮を外から見ることができましたの。背負う必要のない荷物を自ら引き受け続け、まだ大丈夫と思い込み、溜め込んだ挙句、皆に心配を掛ける結果になってしまったわ。無理なら断るという選択肢があることも知ったし、人に頼む勇気も必要だと分かったの。あの中にいては、知り得なかったことよ。背負い込んでいた荷物を一度下ろしてみるといらない荷物が一杯だったと分かったの。だから、これからは大丈夫よ」

しっかりとした瞳で語るアレイト妃は、これからは荷物の選別ができるだろう。でも、一番悪いのは国王と宰相だ。

大の男二人が、お互いの意見が通らなければ子供のように言い合い、こじれるとアレイト妃に丸投げしていたのだから。

国王と宰相はアレイト妃がいなくなってどれほど自分たちが甘えていたのかを痛感した。お互いぶつかり合って意見を述べていたが、それでは話が進まないと、改めて自制して話し合うということを覚えたのだった。

また、シルフィナ王妃は姉のように慕っていたアレイトが病気になったことで、これからはその重荷を自分も分かち合いたいと申し出た。

そして、この二人の絆がさらに深まったのだった。

「シルフィナ王妃殿下、アレイト妃殿下、また、いつでもお立ち寄りください」

レティシアがそう言うと、アレイト妃は悪戯っぽく「広告塔として、これからも定期的に来るわね」と微笑んだ。

二人がこのルコントの地で長く逗留していることは他の貴族に知れ渡った。しかも、両妃殿下がマックスナルトに寄って、ハンバーガーを御嘉納（ごかのう）にあずかり話題になると、ハンバーガーは瞬く間に有名になる。

そして、その時両妃殿下は馬車でお立ち寄りになったのだ。

これぞまさしく『ドライブスルー』じゃない？

王族の警備の都合上、新しいウエスタンなルドウィン町は、まだオープンしていないが、多くの客が来るだろう。宣伝効果も抜群で、こんなにありがたいことはない。

両妃殿下の馬車を見ながら、レティシアは明日からの開業に胸を躍らせていた。

◇□　◇□

王子が選んだ使用人が来た。始めに来たのは侍女だった。名前はリズ・ワンゼン。三十五歳のふくよかな女性で、いかにも優しげだ。彼女には子供がいるのだが、ここにいる時には王都の家で留守番をさせると聞いて、レティシアは驚く。

通勤時間が掛かりすぎることも驚きだが、その間幼い子供だけでずっと留守番させるのは、心が痛む。この世界には保育園もないのだから、是非この屋敷に連れてくるように言うと、住み込みで、働かせてほしいとお願いされた。

そんな嬉しい申し出をされるなんて思ってもおらず、喜んでレティシアは了承した。つまり、これでこの屋敷に住人ができたのだ。

しかも、その後すぐ二人目の使用人（執事）が来た。

執事は三十七歳のロバート・ワンゼン。七三分けの黒髪に黒縁眼鏡。まさに几帳面、といった感じだ。

名前の通り、この執事と侍女のリズとは夫婦である。子供は娘のケイト・ワンゼン四歳で、とにかく愛くるしい容姿で癒される存在だ。

護衛騎士は必要ないと言っておいたのだが、せめて一人は傍に置くようにと言われたので渋々承諾すると、トラビス・ハイムが護衛でやってきた。

十八歳の騎士は幼馴染みの婚約者がいるらしく、昼間の護衛が終われば飛ぶように帰っていく。王子宮に勤めていたのに、ルコントの方が婚約者の家に近いという理由だけで、この仕事を引き受けてくれたそうだ。

夜はレティシアが屋敷に入れば、この屋敷の結界が住人を守ってくれるため護衛は必要ない。なので、騎士はレティシアが屋敷に入るまでが仕事の、至ってホワイトな仕事場である。

レティシアが幼い頃、この屋敷にはたくさんの使用人がいたのだが、母の使用人に対する態度が悪すぎて、その余波が娘のレティシアにも及んでいた。とはいえ、使用人たちも大人なので、幼いレティシアを虐（いじ）めたりするようなことはなかったのだが、彼らの態度は慇懃で親しみを感じることは一切なく、常に一定の距離を感じていた。

そのために、この屋敷でレティシアはいつも孤独を感じて育った。

それが今、ワンゼン家には家族のような親しみを感じて生活をしている。

リズは働き者のお母さん。レティシアを伯爵として敬語で接してくれているが、自分の子供と分け隔てない愛情を感じた。

疲れて帰れば、温かい食事を作ってくれて、労（ねぎら）いの言葉までかけてくれる。そのためだろうか、初めてその料理を食べた時には、少し涙が出てしまった。

執事のロバートは、生真面目そうに見えて、レティシアのやりたいように自由にさせてくれている。しかも、その後のフォローは万全なのだ。

またケイトも最初こそレティシアを遠巻きに見ていたが、レティシアが優しく接しているうちに、いつの間にか本当の姉のように懐いてくれている。

そして、護衛騎士のトラビス・ハイムはやんちゃなお兄ちゃん的存在。

彼のお陰で今まで徒歩で移動していた領地の隅から隅までを、馬で移動できるようになったことは本当にありがたい。

当初使用人は必要ないと言っていたレティシアだったが、既にいないと困る存在になっていた。

どんなに忙しくても、屋敷に帰れば出迎えてくれる人がいて、温かい料理を出してくれる。たくさんの書類も、執事が綺麗に整理してくれているので、見やすくなっていた。


しかし、いつまでも平和な日は続かないものである。

こんな心地の良い屋敷から、恐ろしいあの王子宮へ行く日が来てしまった。

レティシアは、朝から食欲が落ち込み、目は死んだ魚のように虚ろである。

「レティー様。今日はあの王子宮に行かれる日なのですよね？」

まるで、牢獄行きのようなレティシアに、リズが困惑している。きっと、大喜びで出発すると思っていたのに、この態度である。

「レテさま、行くのいやなの？」

心配して近寄るケイト。

「行きたくない……。この家がいいけど……。頑張ってくるわ。だって、お仕事だもの」

レティシアがケイトを抱き締めて、自分を励ますように言う。

それを見ていた、ワンゼン夫妻とトラビスが首を捻っている。

「普通、この年の女の子なら王子宮に行けるなんて、大はしゃぎするところだよな？」

トラビスは最近まで王子宮にいたが、我先に王子に会おうとする女の子しか見なかった。だが、レティシアは項垂れて生気すらない。

「なんで、エルエスト王子が必死になっているのか、分かった気がしますね」

ロバートは分析結果をリズに話す。

「きっと、逃げられる経験をしたことのない王子が、理由をつけて無理に傍に置こうとして、裏目に出ているんですね」

面白そうに笑う夫を睨み付けるリズ。

リズはいつも元気なレティシアが、意気消沈しているのが可哀想でならない。すっかり、自分の娘のように心配しているのだ。

「レティー様、それほどにお嫌でしたら、私からエルエスト王子にお断りの返事を言いましょうか？」

レティシアは一瞬嬉しそうにお願いしようかと顔を上げたが、すぐに思い直した。

「いいえ、負けた上にその約束を反古にしたとあっては、領地の名に傷がつきます。この領地がバカにされるようなことはできません。私、この仕事を成し遂げて、絶対にこの地に帰ってきます」

レティシアは今から戦場に行くかの如く、決意表明を言い、引き締めた表情を向けた。

「偉いですわ、レティー様。領地のために、頑張って行ってらっしゃいませ」

お互いの手を固く握る二人を、トラビスとロバートが遠い目で見ている。

『いったいなんの話なのだろう。一週間後には帰ってこられるというのに……』

この台詞は決して声に出してはいない。二人の胸の中で思っただけである。

「あの、別れを惜しんでいるところ、誠に申し訳ないのですが、今屋敷の前にお迎えの馬車が到着したので、そろそろ行きませんか？」

トラビスがレティシアに言うと、名残惜しそうに、リズの手を離した。

玄関を出ると、いつもながらの豪華絢爛な馬車が貧相な屋敷に横付けされていた。

そこから、キラキラの馬車に負けないくらい華やかな人物が、笑顔で降りてきた。

エルエスト王子だ。

にこやかにレティシアの手を取り、優雅にエスコート。

リズに髪の毛もセットしてもらったレティシアはお姫様のよう。それにエスコートしているのは輝くようなイケメン王子。それはまさに美しい絵画のようだった。

惜しいのは姫様役のレティシアの顔が、ひきつっているところだろう。これが笑顔ならば、誰もがうっとりとするところだった。

その二人をたくさんの領民が見送りに来ている。

王子の馬車を、領民が見に来るというのは、どの領地に視察に行ってもよくある光景だが、今回は様子が違う。

「王子さまー、絶対にレティー様を返してくだされー」

「レティー様、ご無理をなさらず辛くなったらすぐにお帰りを‼」

「エルエスト王子殿下、我がご領主様をよろしく頼みます。必ず返してくださいませぇぇ‼」

それは、たった一週間領地を離れる領主を、見送るために来た領民の声だった。

この場合、王子を見に詰め掛けたのではなく、レティシアを連れていく王子に釘を刺すために集まったのである。

なかなかない光景に、王子の護衛騎士は驚いていた。

さらに、王子の横で窓から顔を出し、手を振るレティシアも喜びとはほど遠い寂しげな表情だった。

馬車が小さくなるまで、領民は見送っていた。それを見たレティシアが、なんとも言えない顔でポツリと悩みを漏らす。

「仲良くしてくれれば……」

「どうした？　悩みか？」

エルエストに言われ小さく頷く。

「オルネラの村人とルドウィン町の住人があんな風に一緒に仲良くしてくれたらいいのですが……」

領民は仲良くレティシアを見送っていたのに？と、エルエストが馬車の後ろの小窓を開けて、沿道にいた人々を見る。

小さくて、顔はもう分からないが、しっかりと二つの集団に分かれている。

「確かに……」

うーむとエルエストが唸る。

レティシアの悩みは、未だに領地の人たちの間には大きな溝があることだ。二つの地域はお互いに豊かになっても、未だ交流がなく、いがみ合い、避け続けているのだ。

ここまで有名な観光地になれば、二つの村と町で伝達事項のやり取りが生まれる。が、それだけだ。事務的な関係だけが続いている。

その溝をどうすればいいものやら。

レティシアは、今日もその問題に頭を悩ませていたのだが……。

この悩みがレティシア不在の時に、思わぬ形で解決するのだが、それはまだ先の話である。

《閑話》侍女のリズとその夫が住み込むまで

リズは十五の時から王宮で働いていた。

仕事が早く、よく気が付くのですぐに王妃の侍女として働くようになる。そして、エルエストが生まれると、侍女長に昇格し、そのまま王子宮に入ったエルエストの侍女長となった。

だが、娘を出産後、王子宮を辞職した。娘のケイトの体が弱かったことが理由である。

長く王子宮を離れていたリズに突然エルエストが訪ねてきて、「大切な女の子ができた。その女の子の屋敷で侍女として働いてもらえないだろうか」と直々に言ってきたのには驚いた。

王子がこれまでたくさんの女性がすり寄ってきても、女性を嫌って素っ気ない態度を取っていたのは有名だ。

王子は女嫌いなのかも、と思っていたのに、その女の子であるレティシアへの入れ込み具合が急変すぎて、リズはレティシアを不審に思う。

(ははん。その女、どうやら我が純真な王子を誑(たぶら)かしたな)

そう決めつけたリズは、悪い女を見定め、それに引っ掛かったエルエストの目を覚まさねばならないと決意する。

そこで、「すぐにその伯爵家に行きましょう」と返事をした。

リズの魂胆を知らないエルエストは「ありがたい。では頼んだ」と言って簡単にその女の屋敷の住所と状況を話して帰っていった。

伯爵家の状況を聞いていたリズは推測する。

屋敷に誰も使用人がいないなんて、考えられない。つまりその女が使用人を虐めていて、耐えられなくなった使用人が辞めて出ていった。そして、一人になってどうしようもなくなり、虐めの事実をエルエストに隠して泣きついた。そう考えれば辻褄が合う。

（王子は人を見る目はあると思っていたが、やはり女に騙されてしまったか……）

少しがっかりしたが、叔母のような存在の私が、その女の正体を見破り告げれば、すぐに恋の熱も冷めるはず。否、無理にでも冷却してやろう。

リズは意気込んで、ルコント伯爵の屋敷に乗り込んだ。しかし出てきたのは、泥だらけのオーバーオールの少女。

使用人は誰もいないと聞いていたのに、こんなかわいい子が残っていたのか。

驚きつつも名乗るリズに、その少女は「遠いところありがとうございます」と親切に屋敷を案内してくれた。

そして、散らかった食堂？らしき部屋に入るとどうぞお座りくださいと、唯一物が置かれていない椅子に座らせてくれる。

そして、この領地の特産品という『ルコント・ソーダ』という不思議な飲み物を持ってきてくれた。

「まあ、なんて不思議な味なの？　しかもこのシュワシュワする喉ごしが面白いわ」

飲み物の感想を言うと、その少女は嬉しそうにもう一杯今度は、赤黒い飲み物を持ってきた。

「こちらも我が領地の飲み物で、『ルッコーラ』といいます」

「……。」

（うん？　この子、今『我が領地』って言った？）

ここでようやく、その女の子を見直した。

服は……あれだが、態度には品がある。

「あの、失礼ですが……あなたは？」

「ああ、ごめんなさい。私ったらまだ名乗っていませんでしたね。私がここの領主、レティシア・ルコントです」

「な、なんてこと!!　領主様に飲み物を入れていただくなんて、申し訳ございませんでした」

リズは椅子から立ち上がり、頭を下げる。

「いえいえ、名乗ってなかった私が悪いんです。どうぞ、頭を上げてください」

レティシアが、頭を下げるリズの下に潜り込んで肩を抱き上げるので、頭を上げるしかない。

「あの、この散らかった状況を見て、お手上げだと思われたなら、遠慮なくお帰りくださってもいいですよ。さすがにうんざりされるでしょ？」

　この部屋に入った時に、高飛車な貴族の令嬢に『この部屋をさっさと掃除なさい』と命令されるのだなと思っていた。

　が、この惨状を恥ずかしそうに、無理なら帰っていいですよと領主様がリズを慮って先に言ってくれている。

　なんだか、熱い感情……使命感と責任感と人情とが入り交じった複雑な思いが湧いた。

「いえ、遣り甲斐がありますわ。まずはここの書類の山を一旦別の部屋に移動させてから、この部屋を掃除していきます」

　エルエストから引き受けた仕事だ。それに、目の下に隈を作ったレティシアに、きちんとした場所で食事をしてもらいたい。働き者の侍女長のやる気が復活した。

　二階の部屋を見て間取りを確かめ、一階の階段奥の部屋から、掃除道具を探して食堂に戻ってくると、レティシアがせっせと書類を片付けている。

「ルコント様がしなくてもいいです。掃除などは侍女の私に任せてください」

　慌てて、レティシアの手から書類を取るが、反対に今度は横にあった雑巾を取られてしまった。

「一人よりも二人でやれば、早く終わります。それと、この領地では皆は私のことをレティーと呼んでくれますので、リズさんもそう呼んでください」

「……では、レティー様とお呼びします」

伯爵様を愛称で呼んでもいいのだろうか？と戸惑いつつ言われた通りにする。

そして、レティシアが迷うことなくバケツに手を突っ込んで雑巾を洗うのを呆然と見ていた。

その手付きは慣れたもので、力強く捻って雑巾を絞る。

王子宮で、行儀見習いの貴族の娘が侍女としてやってくるが、雑巾など触れようともしない。

役に立たないお嬢様方がすることは、王子の後を金魚の糞のようについて回る、それだけだ。

うっかり掃除道具が体に触れたならば、『汚いわ‼』と大騒ぎするのみ。

それが普通なのだ。

ルコント伯爵もそのような女の一人だと思っていれば、違った。そこらの違うとは全く別次元の違い方だ。

あまりにも手際よく掃除をするので、驚きのあまりレティシアを見ていたら「やはり、この汚さが嫌になりましたか？」と首を傾け困った顔を向けられた。

「いえ、そうではなく……。あまりの手際の良さに驚いていただけです」

「それなら、良かった。ところで、さっき紹介状を見たところ、お子様がいらっしゃるのね？そのお子様は今はどちらに？」

「今日は知り合いに預けています」

領主となった女の根性の悪いところを暴いたら、すぐに辞めるつもりだったが、レティシアを一人にしたくないという思いが芽生えていた。

（そうだ……ケイトはまだ小さい……。どうしようか……）

と悩んだ時、レティシアが「ここに連れてきてもいいですよ。ここなら何かあった時にすぐに気が付くし、部屋もたくさん余っています」

と言ってくれた。

「しかし、そんなに甘えては……」

「いいえ、私ももうずっと一人で暮らしていて、今貴女とおしゃべりしていて気が付いたの。楽しいって。だから是非連れてきて……でも通いが大変ならば……」

レティシアは是非ここで働いてほしいと願ったが、無理強いはできない。

レティシアの言葉が言い終わらないうちに、「では、住み込みでお願いします」とリズが体を乗り出して答えた。

「あっでも、旦那さんはいいのかしら？」

「単身赴任をさせます!!」

さらにリズが体を乗り出し答えた。

という経緯で、リズと子供ともども、住み込みとなったのである。

リズは休みを利用して、王宮で働く夫に会いに来た。

「どう？　元気にしてる？」

「はあ……。お前がいきなり住み込みを決めるから、私は痩せる一方だ」

七三の髪を撫で付けるように、垂れた黒髪を上げるロバート。

確かに、少し痩せたようだ。でも、一人暮らしばかりが痩せた理由ではなさそうである。

「あのね、ルコント伯爵様のお仕事が激務なの。あなたって会計も総務も兼任するくらいできる人でしょ？」

妻にできる男と褒められて、真面目な男も頬を弛(ゆる)めた。

だからといって、さすがに王宮勤めを放り出すまでには至らない。

「そうだな、今は法務的な仕事も相談されるほど、頼りにされている。つまり、それほど大事な仕事を多く抱えているんだ。だから、君が傍にいて支えてくれると嬉しいのだが？」

帰ってきてくれと、切実に訴えたつもりだが、相手にはうまく伝わらなかった。

「全く、酷い話よね。あなたは仕事を押し付けられすぎなのよ。それが私には許せないの。貴方にはもっと遣り甲斐のある仕事に就いてほしいわ。今いるルコント伯爵様はね、必ず週に二日は休みをくださるの。いいでしょー。あなたもルコント伯爵様の下で働かない？　家族の時間も取れるわよ」

「週休二日……。なんて羨ましいのだ……」

現在のロバートは、たくさんの仕事を抱えているせいで、まともに休んだ日がいつだったのか忘れるくらいだ。リズやケイトと一緒に暮らしている時でも、帰る時間には子供は寝ていて、寝顔しか見ていない。

休んでいない頭で、週休二日と言われ、愛しい妻の提案に頷きそうになるが、頭を横に振った。

「だが、伯爵といっても小娘の下で働く気はない」

ロバートの小娘発言に、あからさまにリズは『ムッ』としたが、ここで口論しても良い結果には結び付かないので、我慢する。

「私もね、貴族のお嬢様って嫌いだったの。でもレティー様は違う。夜の食事にスープを作ってケイトと私と三人で一緒にごはんを食べた時にね、レティー様泣いたの。気丈で我慢強い方なのに、『夜、久しぶりに人との食事が嬉しい……美味しい』って。たった一人で領地を改革して、戦っているのよ。手助けしてあげたいと思わない？」

この時、子供を育ててもまだ余りあるリズの母性本能に火が付いた。

レティー様を守らねばと。

そして忙しいレティシアに、リズは食事以外にも手助けが欲しいと思った。実際に寝る間を惜しんで、仕事をしているレティシアには、執事的な人が必要なのだ。

すぐに思い付いたのが、自分の夫のロバートだった。職場での階級は平民で下っ端だが、誰よりも仕事ができる。その能力を多くの人から頼られている、とは言いようで、仕事を押し付けられているのだ。

「伯爵と同じテーブルで食事をしているのか？」

王宮の食堂は、平民と貴族の場所がきっちりと分けられている。

準男爵さえ、平民と同じテーブルは避けるのに、伯爵が妻や子供と同じテーブルで食事をしたというのが、信じられない。

「ええ、一緒に食事をしたいとレティー様が仰ったから」

伯爵を愛称で呼ぶ妻の様子で、とても仲良くしているのは伝わる。だが、子供の思い付きに振りまわされるなんて考えられない。そう思っていたが、妻の次の発言に耳を疑った。

「今度ね、レティー様が総合医療センターというのを作りたいと話されていたわ。それと全ての領民が通える学校も、いつか分からないけど設立すると意気込んでいらしたの。それってあなたが前に私に話してくれていた夢の話よね」

ロバートの瞳にキラキラした光が差したのを、糟糠(そうこう)の妻は見逃さなかった。

すかさずもう一声を追加。

「まずは医療が先決だから、それを先に作るんだって。今までバラバラに点在していたお医者さんをルコント領に呼んで一つのまとまった場所に医療を作ると、いいことがあるって仰ってた……かんふぁ……えーとなんだっけ？」

「原因が分からない患者を、色んな医師に相談できるんだ。情報の共有だな」

リズに説明をすると腕組をし、しばし考え込む。

そして結論が出たのか、ロバートはリズの手を取って頼んだ。

「ルコント伯爵に私のようなものが必要か聞いてくれ。私が必要ならばすぐに王宮には辞表を出す」

「もう聞いているわ。レティー様はすぐにでも来てほしいと仰っていたわ」

こうして、ロバートがルコント伯爵の屋敷に家族で住み込み、その能力を遺憾無く発揮することになったのだ。


住み始めた頃、あまり驚かないロバートも、貴族らしいところが皆無なレティシアに驚いていた。

ドレスの着用は賓客がある場合のみで、その他はオーバーオールで泥だらけになって、走り回っている。そうかと思えば、医療について調べ、屋敷で頭を抱えて悩んでいる。

そして、本当にまだ幼さが残る顔から、どんどんと湧き起こる発想についていくのはロバートでさえ必死だった。

例えば、どこの領地でも、薬師がポツンとおり、医師とは別の所にいるのが当たり前だった。それを、内臓の病気が専門の医師や、妊婦を専門に診る医師、産婆、薬師を一つの病院にまとめる計画をしていたのだ。

医師の診断に合わせて薬を出すなんて、画期的で驚いた。

その実現にはお金が必要だ。それには、この領地でお金を掛けずに儲ける方法を考えなければならないと、レティシアが常に実現可能にするための案を考えていることにも驚いていた。


この領主の補佐は多岐にわたるため気が休まることがない。

だが、ここでの仕事は週に二日休みをくれるので、家族と一緒に領地でパターゴルフをしたり、自然と触れ合ったりできる。

それを考えると今までの生活は、仕事のための人生であって、自分や家族の人生を楽しめていなかった。そして、以前の仕事は貴族だけが良くなる法案の作業や、貴族のつまらない見栄を張り合った経費の無駄使いの費用の名目作りだった。

以前の仕事から考えれば、今は遣り甲斐があり楽しい。

何より、ここの領民のことを第一に考え、人に寄り添うように領地の発展を考えているレティシアの人気は、他の領地では考えられないほど高い。

これはレティシアの努力の成果だ。

ロバートもレティシアの前向きな人柄に惚れ込み、リズと一緒にルコントの発展に力を尽くすと決めたのだった。

その彼女は、今日から一週間王子宮に侍女として出向する。

「領地のことはお任せください。しばらくの業務はケントと私で進めておきますので、ご心配なさらず御滞在ください」

ロバートは、レティシアが王子宮に行くのを心待ちにしているものと思い込んでこのように、言ってしまった。

だが、全く以てその顔に喜びの色はなく、病人のように青い。

迎えに来たエルエスト王子の顔と、手を取られて馬車に乗り込むレティシアの無表情の落差に、ワンゼン夫妻の不安が倍増。

夫婦で顔を見合わせ、心配げに馬車を見送ったのだった。

貧乏領主、侍女になる

王子宮に着いたレティシアは、エルエストにゲストルームのような豪華な一室に案内されて、『部屋にある服に、どれでもいいから着替えて』と言われたのだ。

レティシアがここに来たのは侍女になるためである。

では、着るべき服は一択だ。なので、レティシアはこの部屋の中にあるべきはずの、侍女のお仕着せを探していた。だが、用意された部屋にはどこにも見当たらない。一応クローゼットも開けてみた。

しかし、あるのは眩しいばかりの宝石が付いたドレスが数着。

真っ赤、緑、ピンク、黄緑、青、紺色のドレス。その中には胸元が開いた黒いドレスなんてのもあった。

ここで、レティシアはうーんと首を捻って考えた。王子宮に来たのは、専属侍女としての仕事をするためだ。なのに、ここには侍女の服がなく、豪華な衣装だけが置いてある。

その結論は……簡単だ。

通された部屋は間違いで、どこか他に自分の侍女服が置いてある部屋があるはずだと考察した。

『着替えたら俺の部屋においで』とエルエストに言われたのに、その着替えが見つからない。早くしないと侍女をクビになる。と焦ったが、その足を止め考える。

早くクビになって帰った方がいいのでは？

いやいや、ここに来たのはそもそも罰ゲームなのだから……と自分の考え違いを思い直す。

だが、この王子宮で侍女の服を着て、うっかりヒロインのマルルーナになんて会ったら、どうするの？

考えただけでも、胃がギュウウと締め付けられる。

「ああもう嫌だぁ。何度逃げても王子宮に戻ってくるなんて……」

双六（すごろく）をしていて、何度も「振り出しに戻る」の目が出る。

そう、あの状況に似ているのだ。

抵抗しても戻ってくるなんて……。

うんざりするわ。

考えごとをしながら部屋から出て彷徨っているうちに、自分が迷子になっていることに気が付く。

あれ？　ここはどこ？

そう思った時に、ヒヤリとする黒い影が現れた。

「こんにちは、レディー。君の名前を教えてもらえるかな？　そして、ここに立ち寄った意図を説明してくれる？」

後ろから、突然軽い口調だが咎めるような低い男の声がした。

振り返ると背の高いイケメンが、見下ろすようにレティシアを見ている。近すぎて、イケメンの光る美しい水色のストレートの髪の毛が、レティシアの肩にかかるくらいの距離だ。

見上げるように、瞳を覗き込めば南国の海を連想させる眩しい水色の瞳があった。

この顔は知っている。なぜならば、小説の白黒イラストで見ていたからだ。

彼の名前はマット・ジョイス、十六歳。

悪役のレティシアがヒロインに飲ませた毒を、彼が魔法で取り除き治療するのだ。

彼は魔力が溜まってくると、水色の髪の毛が青くなる。そして、王宮で使われている魔石に魔力を注ぐのが仕事なのだが、時には母ゆずりの治癒力を使い、魔法で医療もできるありがたい人物だ。

彼が小説では、常にヒロインを気にかけていて、ヒロインの傍にいつもいることを思い出した。

「ごめんなさい。今日から侍女として配属されたレティシア・ルコントと申します。侍女の服を探していたところ、道が分からなくなってしまって。ですから、決して怪しい者ではございません」

（信じてほしい。ヒロインなんて狙ってないし、毒も飲ませないわ）

疑われないように必死で説明をした。

「ああ、君があの……私はマット・ジョイスだ」

マットはそこで言葉を濁す。

（『あの』って何？　もう知れ渡っているの？　危ないって思われている？）

不安な顔のレティシアの手を取って「こっちにおいで。道を教えるよ」と元来た道を案内してくれる。

（良かった。まだ、悪いことしていないから、敵認定はされてないらしい。これからもヒロインの邪魔をするつもりはないけど……）

安心したのもつかの間、エルエストの言い争っている声が聞こえた。迷子になっている間、待たせすぎて怒っているのかな？

だが、違うようだ。

「待ってください。エル様ぁ。私はここで侍女として働くべきではないんです。私をしっかりご覧ください」

「お前など知らないと言っているのがなぜ分からないのだ。放せ‼」

「私、マルルーナです‼　エル様と学校で会う機会がなくて、今このような形で会ってますが、本当は違うんです」

「愛称で呼ぶなど、不敬罪で捕まえるぞ」

「そんな……」

レティシアは一連の流れを見て、「ヒロイン」マルルーナが転生人だと分かった。今こんな危険な場面にのこのこ出ていきヒロインに会うのは危険すぎる。そうとは知らないマットが、ヒロインの前に行こうとする。

（ちょっと待て！　一緒にいる自分がヒロインに見つかるではないか‼）

レティシアは彼のマントを必死に掴んで止める。

そして、柱の陰に無理矢理引きずり込み、主人公たちのいざこざが終わるのを待った。

「マット様はマルルーナ様のことが気がかりでしょうが、どうぞ今は静観してください。後生です」

拝み倒して、マットを押し留める。

「……私があの少女のことをなぜ気にかける必要が……？」

「静かにっっ‼」

レティシアが両手でマットの口を塞ぐ。

「分かってますから……」

レティシアは、ここでヒロインと会うわけにはいかないのだ。会えば何が起こるか分からないのだから、ここはやり過ごしたい。

レティシアの必死な様子に、マットは大人しくしてくれていた。

いまいちレティシアの言葉に合点がいかないが、静かに王子と無礼な侍女とのやり取りが終わるのを待っていた。

マットはこのままここにいては、マルルーナがこちらにやってくると判断し、自分の口を塞いでいるレティシアを、そのまま抱き上げた。

「なっ‼」

レティシアは、声が出そうになったが、堪えた。マットが場所を変えようとしていることに気が付いて、ひたすら身を縮めた。そのまま抱っこしてもらうのは申し訳ないとレティシアは、マットにこそこそと話す。

「もう大丈夫です。マット様は今魔力を出しきって疲れて体がだるいでしょ？　自分で歩きます」

「……なぜ、知っている？」

しまった‼　本人しか知らないことを言ってしまった。これで再び警戒されると思ったが、マットの顔は、ただ純粋に驚いているようだった。

マットは魔力を出しきると、体がだるく疲れが出る。しかし、弱みを見せるのが嫌で、それを人に言ったことはなかった。「あるものが体からなくなったのなら、しんどいのかな？　って思っただけです」

「……ふーん」

美しい顔立ちが、少年のような愛嬌が混じった微笑みに変わる。

「ああ、そうだ。侍女の服が欲しいのだったね。私が案内するよ」

やっとお仕着せが手に入るとほっとするレティシア。

「でも、君が案内された部屋にはドレスとか用意されてなかったかな?」

「そうなんです。部屋にはドレスしか置いてなかったのです。侍女としてこちらに来たのに、どうやら間違った部屋に通されたようです。なので、探し回っていたら……」

「迷子になったんだ?」

レティシアはコクンと頷いた。

「それにしても、よくドレスが間違えて置いてあったことをご存じなのですね?」

「まあね」

マットは、エルエストのために『王子はあなたのために、ドレスを用意していたんですよ』と言うべきか考えたが、言わない方が面白そうだと、黙っていることにした。

「ほら、ここは侍女の休憩室だから、ここなら誰かに言えば借りられるよ」

王子宮から少し離れた建物に案内されたレティシアは、嬉しそうにマットに礼を言う。

「ありがとうございました。お礼を」と言いかけたが、マットが遮った。

「お礼なら、今度ルコント領に母を連れていこうと思っているから、その時案内してよ」

「そんなことなら、いくらでも案内します。是非いらしてください。私は一週間の派遣ですから、すぐに領地に戻ります」

「へー。王子にもっといてくれと頼まれたなら？」

もっとここにいろと？　考えただけでもゾッとする。レティシアの表情だけで理解したマットは、手を上げてレティシアが答えるのを遮った。

「ああ、答えなくてもいいよ。顔見て分かったから。じゃあ、またね」

綺麗な水色の髪を靡かせて、マットは王宮の方へ消えていった。

◇□　◇□

侍女の休憩室にはたくさんの侍女が、わずかな休み時間をお喋りしたり、足を揉んだりと各々好きに過ごしている。ここは下級侍女の集まりで、レティシアがお願いすれば、すぐに休憩中にも拘わらず、お仕着せを渡してくれた。

そこで少し気になる話を耳にする。

「男爵令嬢ってだけで、私たちをバカにするあの態度が腹立つんだけど」

「ああ、あの女ね？　さっきも王子を追いかけて足蹴にされてたわ。見ていて面白かったもの」

男爵令嬢って誰だろう？　もしかして、ヒロインだったりするのかな？とレティシアは考えたが、それではあまりにも小説と人格が違いすぎるし……。等々と考えたが、それよりも早くこの侍女のお仕着せに着替えなければと、侍女の休憩室の奥の部屋を借りて、さっさと服を着替えた。

侍女服を着て、意気揚々と王子宮に戻る。そして、エルエストの部屋をノックした。

「レティシアです。遅くなって申しわけ」

「遅いよ‼」と飛び出てきたエルエストは、レティシアの服装を見て、数秒停止。

そんなエルエストに気が付かず、『遅い』と叱られたことへの謝罪を再び口にする。

「遅くなってすみません。すぐに働きますので、ご用をお申し付けください」

「エプロン姿も可愛い……。じゃなくて‼　部屋にあったドレスは⁉」

エルエストが正気に戻り、レティシアの腕を掴んで、自分の部屋に引っ張りながら、ドレスを着ていないことを問い詰める。

「あの、私は専属侍女としてここに来たのですから、しっかり仕事をしようと……」

エルエストが項垂れているところを見ると、どうやら部屋にあったあの豪華なドレスを着るのが正解だったのかと、今気が付いた。

「まあ、今日はその姿でもいいよ。その代わり、侍女として俺の身の回りの世話をきっちりとしてもらうからね」

エルエストはさっきまで項垂れていたのに、急に考えを方向転換したようで、機嫌が良くなる。

「はい、もちろんそのつもりです」

元気に返事したレティシアは、数分後、自分の考えていた仕事とエルエストとの認識のズレを経験するのだった。

（あれ？　……おかしい。思ってたのとだいぶ違う）

レティシアは、今王子と隣り合って座り、ケーキを食べている。

（雑巾がけをするのでは？　掃除や洗濯、シーツ交換などをするのでは？）

なんて考えながら、侍女とは全く別の仕事？をさせられている。

これで合っているの？なんて考える間もないくらいにエルエストが、ぐいぐいと仕掛けてくる。しかも、『このケーキも食べてごらん』と王子様自らケーキの載ったフォークをレティシアに差し出してくるではないか。

「これは恋人がする『あーん』に似ているが、違うはず。だって恋人同士ではないもの。このような仕事があるのよ。きっとそう。『あーん』とは似て非なるもので。うん」

「何をぶつぶつ言っている？　早く食べてごらん」

「毒見？　または味見？　それならば分かるわ。これはそういう類いの仕事なのよね……？」

レティシアは頭が沸騰する前に、パクリとケーキを食べた。

「このクリーム美味しい……」

レティシアは、毒味の仕事だと割りきって食べたが、そのクリームの美味しさに全て忘れる。

目を丸くして唇に付いたクリームを伸ばした舌でペロッと舐めると、目の前のエルエストが横を向いた。

（毒見といえども、舐めるのはお行儀が良くなかったのね）

レティシアは一人で反省をしているが、実際にはエルエストがペロリに悶えているだけである。

すっかり食べ終わったので、片付けをしてテーブルを拭くレティシアを、なぜかうっとりと見つめるエルエスト。

レティシアはティーカップやお皿を持ち、部屋の外に出ようとするが、夢うつつから我に返ったエルエストにドアの前で通せんぼされる。

「新婚生活を想像していた……」

想像する力が作家レベルまで逞しくなっているエルエストは、脳内でレティシアとの間にできた子供を抱っこしている最中だった。

「レティーは、ここにいて。運ぶのは他の者にさせるから」

「はい、では拭き掃除などをしましょうか？」

「レティーはそこに座ってて」

じっとするように言われ、仕方なく座っていたソファーに戻る。

王子が侍女を呼ぶと、勢いよくドアが開き、入ってきたのはマルルーナだ。

「エルエストさまぁ。お呼びですか？」

あざといまでに腰をくねらせ、侍女のお仕着せの前ボタンを上から二つも外してエルエストに近付く。

「なぜ、お前が来た？　侍女長を呼べ」

マルルーナを一目見るなりエルエストの眉間の皺が谷のように深く刻まれ、険しい顔になった。

「待って、エルエスト様は何か誤解を……」

マルルーナはソファーに座っているレティシアと目が合った。

しばらくパチクリパチクリと瞬きしていたが、レティシアの頭から爪先までじろじろ見て、ニヤリと笑う。

その笑みは、小説に書かれていた白ゆりのような清廉の微笑みではなく、肉食の尖った牙が見えそうな笑いだ。

「あなたは、レティシア・ルコントよね？」

「は、はい、そうです」

正直王子宮では会いたくなかった。

「やはり王子宮に侍女としていたのね」

マルルーナは嬉々としていたが、すぐに顔を曇らす。

「もう、ここまでお膳立てができているのに、なんでエルったら私に惚れないのよ……おかしいわ」

独り言のマルルーナに、エルエストは厳しく言い渡す。

「今、君はレティシアを呼び捨てにしたな？　彼女はれっきとした伯爵だ。ルコント卿と呼びなさい」

マルルーナは、格下に見ていたレティシアが、実際には伯爵になっているという事実に驚く。

すると彼女の顔に、じわじわと表れる悪意。

「あんたが原因なのね‼」

今にも掴み掛からんとするマルルーナだったが、伯爵に手出しをしたあとの処分を考えたのだろう、悔しそうに自分の右腕を左腕で押さえ、頭を下げた。

「申し訳ございません、エルエスト殿下。以後気を付けます」

「謝るならルコント卿に謝れ」

「くっ‼　申し訳ございませんでした」

頭を上げたマルルーナの額には、怒りで血管が浮いている。

「分かったら、この食器を持って下がれ」

震える手で皿を掴み、ティーカップを持ち、その動作は恐ろしく緩慢でありながら、呼吸は荒い。フーフーと怒りの遣り場を探しているに違いない。それは全身からレティシアに呪いを放っているかのようだった。

マルルーナが部屋から出た途端、レティシアはソファーからずり落ちた。

（怖すぎる。あれがヒロイン？　ヒロインの可憐さなんて微塵もなかったわ）

ヒロインがまるで悪魔のような変わりようだったのだ。

「大丈夫？　あの侍女は少し前にここ王子宮に入ってきたが、何を考えているのか分からないんだ。ここでの業務を全く覚えず、俺を含めた男性を追いかけ回しているんだよ」

（ヒロインが男を追いかけ回しているの？）

あり得ないストーリーに、困惑するレティシア。

それを見たエルエストは、他の意味に捉えた。

「そんなに不安な顔をしないで。俺はあんな女に見向きもしない。それに侍女長に相談して、明日には王宮に移動してもらうよ」

「はあ……。お心遣いありがとうございます」

別に見向きしてもらってもいいのだが……。

でも、あんなに恐ろしい顔を向けられるなら、王子宮ではない別の場所にいてくれる方がいい。

その程度にレティシアは軽く考えていた。

マルルーナのことを『性格が怖くなったヒロイン』と思うだけで、強欲な女の本質を深く見ようとしていなかった。

その頃、壁を蹴るヒロインのマルルーナ。その姿はまさに悪役(ヒール)。

「悔しい。そうかあの女がこの話をめちゃくちゃにしたのね。どうりで、学校でもここでもエルエストの態度が違うんだ」

マルルーナも転生者で、すぐにここが小説の中の世界だと気が付いた。さらに、他の人物とは明らかに違う薄いピンクの髪の毛に、紫の瞳を持つ自分がヒロインなのだと確信を持ち、美しく愛らしい容姿に自信を付けていく。

しかし、学校に通い出してもエルエストに近寄れもしない。

他のモブキャラでさえも、ヒロインの効果がない。少し微笑めば、モブなどは恋に落ちるのではと思っていたが全くだ。モブでさえこうなのだ。

主要人物に至っては、全て遠巻きにしか見ることができない。

どうして、小説通りに物事がうまくいかないのだと焦っていたところに、レティシアが全く別の役柄で登場したのだ。当然、怒りの矛先はレティシアに向けられる。

「それもこれも、レティシアが勝手な行動をしちゃったせいだったのね。今に見てらっしゃい。エルエストもマットもトピアスも、みんな待っててね。私が間違ったストーリーから守ってあげるわ」

みんなにちやほやされて、たくさんの男と十八禁の想像逞しく、イチャイチャする姿を浮かべる。

しかし、その夜にマルルーナの仕事場は王子宮から、王宮に変更になった。

エルエストが侍女長に頼んだこともあるが、それよりも若い貴族子息を追いかけるばかりで、全く仕事をしないという理由もあった。それと下級侍女への嫌がらせが酷く、見兼ねた侍女長が前々から移動を考えていたというのもあったのだ。

つまりは数が多い下っ端への左遷だったのだが、そうとは知らないマルルーナは、自分が王宮勤めに選ばれた人物なのだと、鼻を高くして出ていった。

マルルーナがいなくなった王子宮に、今度は叔父のヤニク・ワトー男爵がやってきた。

人事課のパスカルに呼ばれたからだ。

自分の領地の経営悪化と、夫婦の危機で八方塞がりの中、すっかりレティシアのことを忘れていた。

なのでパスカルに呼び出されたヤニクは、てっきりレティシアを侍女にする件だと思い、イライラしながらも素直に王子宮に足を運んだ。

だが、パスカルがヤニクを呼んだのは、レティシアのことではない。既にパスカルは、レティシアが伯爵として自立しているのを把握していたため、今さらその用事でヤニクを呼び立てる理由がなかった。

パスカルがヤニクを呼び出したのは、領民の娘たちを下級侍女として王宮に紹介した件である。ヤニクが領地から連れてきた侍女たちは、王子宮の仕事が過酷なわけでも、給料が薄給でもないのに、逃げ出す者が後を絶たないのだ。

調べると、その侍女たちの上前をヤニクが撥ねているという事実が浮かび上がってきた。いや、彼が搾取しているのは、一部ではない。彼女たちの給料の九十%を盗っているのだ。そして、その残ったわずかな給料から彼女たちは家族に仕送りをしていた。

公には領地の問題は、その領地で解決させるべきことだが、ここは王宮だ。

さすがにパスカルもこの違法な状態を重く見て、この問題を詰問すべく、ヤニクを呼んだのだった。

そして呼ばれたヤニクが遭遇したのが、運の悪いことに侍女姿のレティシアだ。

「久しぶりだな、レティシア」

耳障りの悪い声を耳にしたレティシアは、一度目を瞑り、深呼吸してから振り向く。

「まあ、叔父様。お元気そうで何よりですわ」

「そんなに虚勢を張らずとも良い。やはり領地経営がうまくいかず、ここで働くことになったのだな?」

顎をさすりながらニタリと嗤う叔父に、うんざりしながらも反論した。

「いいえ、領地は今現在、とても順調です。今はその……エルエスト王子殿下の元で一週間の……謂わば研修で来ておりますの」

「ほほう、嘘は良くないぞ。まあ、今日ここで会ったのは良かった。ルコントの領地の様子を見に行ってやるから、待っていろ」

「今さら見に来られても困ります」

そう言ったレティシアの言葉を、ヤニクの自分勝手な脳みそには『見に来られては、恥ずかしいくらい落ちぶれているので困る』ということなのだと、勝手な解釈に変わっていた。

(やはり、天は俺に味方にしている。レティシアが行き詰まって侍女になっていることを、わざわざ知らせてくれたのだからな)

そして、ツルンツルンの脳みそで都合のいいことを夢想する。

面倒なパスカルの呼び出しの後、レティシアに経営失敗の責任を追及し、今度こそ追い出してルコントの領地を自分の物にしよう。

今後の計画を考えると自然に笑いが出てくる。

笑顔のまま人事課に入室すると、鋭い眼差しのパスカルに、睨まれた。

しかし、すっかり気分がいいヤニクはパスカルの顔に気が付かず、見当違いの発言をする。

「パスカルさん、レティシアの侍女の件ですがね、もう既にルコント領地を捨てて、この王子宮で働いてましたよ」

「……。あなたは何を言っているのですか？」

パスカルのピシャリと撥ね付ける厳しい態度に、ヤニクは怯んだ。

「え？　だから、姪のレティシアのことですよ」

再びヤニクが伝えると、手に持ったペンをヤニクに向けつつ、今回の呼び出した意図を説明する。

「私が貴方をここに呼んだのは、貴方には詐欺の容疑がかかっているからです」

「いきなり……何を？」

てっきりレティシアの件で呼び出されたと思い、安心しきっていたヤニクが身構えた。

「貴方は領地の娘たちを王子宮の侍女として仕事を斡旋（あっせん）しているが、実はその給料の全てを搾取しているという容疑がある。それについての弁明はありますか？」

パスカルはヤニクの返事を待っている。

ヤニクは蛇に睨まれた蛙のように、脂汗を垂らし、必死で言い逃れる方法を考えた。

「……ああ、あの子たちは勘違いをしているんですよ。貧しい子供が大金を持つと騙されたり、なくしたりするでしょう？　それに若いとついつい無駄遣いをする。だから、私はそういったことがないように、こちらで貯めてやっているんですよ」

ヤニクは身振り手振りを大きく、いかにも領民のことを考えての行動だったのだとアピールしてみせた。もちろん、侍女から巻き上げたお金はとうの昔に使いきってないが。

「では、本当に彼女たちのお金は、貴方が管理しているのですね？」

パスカルが信じたのか、微笑んで問う。

「ええ、もちろんです。これは領主としての親心みたいなものです」

自分で言っていても可笑しくなる台詞だ。しかし、笑っていられたのもここまでだった。

「では、その親心で貯めていたお金を来月持ってきていただけますか？」

「ら、来月？」

手元の資料を見ながら、パスカルが蒼白となっているヤニクをさらに追い込む。

「来月に持ってこられないならば、王宮の侍女の給料を搾取した罪で、罰せられるので、一レニーも間違いなくご持参ください」

「クッ……分かりました」

人事課の部屋を出たヤニクは、手っ取り早くお金が手に入る方法を考える。

呆然自失状態で、ふらふらと王宮の廊下を歩いている時に、レティシアのことが浮かんだ。

「くそっ、こんなことに巻き込まれたのもレティシアのせいだ」

「レティシア？」

ヤニクの呟きを聞き付けたのは、マルルーナだった。

王子宮から王宮へ配属が変わったマルルーナは、諦めずに王子宮の近くを彷徨き、虎視眈々とエルエストに取り入るチャンスを待っていた。

それが、急に邪魔なレティシアを排除する機会が、向こうから歩いてきたのだから、これを逃すわけがない。

「そこのおじさん。今レティシアって言ったわよね？　もしかして貴方は、ヤニク・ワトー男爵かしら？」

急に呼ばれてヤニクが振り向けば、それはしがない侍女だった。

「侍女の分際で、なんの用だ？」

同じ男爵のクセにとは言わず、マルルーナは笑みを向けて近寄る。

「レティシアのことを王子宮の侍女にし損ねて、お金がないのね？　でもねえ、ルコント領は、本来貴方の物だったのよ？　奪われたままでいいの？」

発言は不穏だが、マルルーナが首を傾げて言うと、お菓子の話のような軽い感じになる。

「お前に言われんでも分かっている。だが、今はまだ奴が正式な領主なのだから、仕方ないだろう？」

国王の割印まで入った書類があるのだ。うまくやらないとルコント領は手に入らない。ことは慎重に運ばなければならないのだ。

「もしかして、『慎重に』って考えていない？　そんな悠長なことを言っている場合じゃないのでしょう？」

まるでヤニクの心を読んでいるかのように、侍女ははっきりと告げてくる。

そして、可愛い顔をした口には似合わない恐ろしい言葉をいとも簡単に吐いた。

「殺してしまえば、領地は叔父である貴方の物よ」

「そ、そんな……すぐにバレるだろう⁉」

さすがに殺しまでは考えていなかった彼は、あからさまに戸惑っている。

（なんて小心者なの？　使えないわね‼）

狼狽えるヤニクにうんざりしながらも、手口を伝授する。

「あの小娘の領地の人々はきっと苦労していると思うわ。だから、自分が領主になれば、もっと良い暮らしをさせてやれるとかなんとか言いくるめて、ルコント領の平民に殺させるのよ」

「そうか、自分の手を汚さなくてもいいわけだな？　少し大金を見せればやってくれる奴もいるだろう」

ヤニクとマルルーナは互いの利害が一致し、ほくそ笑む。

「それで、ルコントが俺の領地になれば、売ってしまうのもいい。隣の領地のドーバントン公爵が高く買ってくれるかもしれん」

さっきまで、金の工面を考えていたのに、もう大金が手に入った。正確にはまだ手にしてないが、既に大金が自分の手に入ったようなものである。

素晴らしい考えをくれた侍女に、「ありがとう。君のお陰で助かったよ。来月ここに来る時に、お菓子でもあげよう」

にこにこと手を振って去っていく男を見ながら、マルルーナは『けっ』と吐き捨てるように口を歪めた。

「何が『お菓子でもあげよう』だ。まあ、ヤニクが殺ってくれれば万々歳だし、できなくても領民に傷つけられたなんて知れ渡ったら、誰にも相手してもらえなくなるでしょう。王子にもね」

簡単に納得したヤニクが、バカで良かったと声を張り上げて笑いたいが、我慢する。

「自分の手を汚さないっていうのは、私のことよ。ヤニクはもう人に依頼した時点で自分の手を汚したも同然なのに」

こんな好機が今転がってくるなんて、やはり自分はヒロインなのだと、神様に愛されている状況を喜んだ。

「さて、そろそろ魔力を使いきって弱っているマットに優しい言葉をかけに行こうっと」

急に前途が開けたマルルーナは、王子宮と王宮の間にある建物に走っていった。

◇□　◇□

マルルーナと叔父が、自分の殺害の計画を立てていることなど、思いもしていないレティシアは、エルエストの用意したドレスを着て、ダンスのレッスンを受けている。

「私は領地にいて、夜会や舞踏会など参加する予定もないのですが……」と困惑するレティシアの意見など、聞いてもらえるはずもなく、エルエストとその兄のハリーと交互にダンスのレッスンを受けていた。

「どうして、兄上が参加されているのでしょうか？」

エルエストは子供のようにむくれた顔をしている。普段のエルエストが絶対にしない顔だ。それほど、兄には気を許し甘えているのだ。

「もし、パーティーに参加するとなればエルだけでなく、他の男性とも踊るだろう？　その時のために色んな男性と慣れる必要があるんだよ」

『ね？』とレティシアを振り返りウィンクするハリーは、いつもよりもお茶目に感じる。その兄弟の仲の良さにほっこりするレティシア。

「ほらほら、時間が無いのだから早くレティシアともう一曲踊ったら？」

と、ハリーはエルエストの腕とレティシアの腕を絡ませた。

いつもはレティシアの腕を率先して掴んでくるエルエストが、人にされると照れている。

「コホン。せっかく兄上が言ってくださっているのだから、早く踊ろう」

優しくふんわりと腰に手を回し、リードするエルエストの顔は、いつもよりも緊張していた。レティシアも初めてのダンスで、エルエストの足を踏んでしまわないか不安で、顔を上げられず下ばかり向いている。

そんなレティシアに「顔を上げてごらん」と優しく教えてくれるエルエスト。

密着からの、優しい指導。

（このシチュエーションは、恋心がなくても、恋愛の方向に脳みそがバグるわあ。でもこれはあくまで、パターゴルフの罰ゲームなのだから、これを恋愛に結び付けてはダメよ）

レティシアが理性を保ちつつ、今の状況を分析する。

その気持ちが伝わったように、エルエストの腕に力が入り、強く腰を引く。

「これでは、近すぎませんか？」

「ダンスはこれくらい引っ付くものだよ。それに、レティシアには意識してもらわないと」

（何を意識するの？　もしかして、恋愛的な感情とか……？）

今までのエルエストの態度を鑑みると、心当たりが山ほど出てくる。

まさか？

エルエストが？

しかし、小説の進展具合と合わせると、この辺りで悪役の自分はエルエストに恋心を抱くのがストーリー的な流れだと気が付く。

（危ないところだった。ここで私がエルエストに惹かれると、次にヒロインが登場し王子様とヒロインは両想いになるのよね。なので、ここはしっかりと平常心で踊るのよ）

スンッと無表情になり意識を明後日の方向に飛ばしたところ、ダンスどころではなくなる。

途端に足のステップがずれて、エルエストの足を左右と交互に踏んでしまう始末。

「ちょっと、休憩しよう」

エルエストは、堪らず自分でドクターストップを掛けた。

「ごめんなさい。急に焦ってしまって……。足、痛いですよね？」

「痛みはちょっとだけだ。大丈夫さ」

その様子を遠巻きに見ていたハリーが、ため息をつく。

「何をしているのだか……。せっかく私がお膳立てしてあげたというのに……」

二人がちまちまと踊っている姿を見ると、微笑ましいを通り越し、ちっとも進まない二人の展開に呆れてしまう。

なんとしてもこの可愛い二人の恋を結び付けたいと思うのは、単に弟思いなだけではない。

王子宮にオーバーオールでやってきた女の子は、今までに感じたことのない瞳でハリーを見た。大体、王宮の行事で会う女性は、側妃の息子であるハリーを嘲(あざけ)りの混じる瞳や、腐っても王子という打算的な瞳、または王族の地位を欲する欲深い瞳で見るのが常だった。

だが、レティシアからは粘っこい視線を感じない。たまに恐怖と、多くの労りの気持ちを感じる。その穏やかで、明るい眼差しは居心地を良くしてくれた。

母の病気を見抜いた時も、領地で献身的に尽くしてくれた時も、その見返りを彼女は何も求めてはこない。

好意的な感情が増えていき、この子がエルエストと一緒になってくれればきっとエルエストは幸せになれる。そう確信した。

今、エルエストとレティシアの恋の橋渡しを懸命にしているのは、弟に笑顔でいてほしい。その一心だった。

弟が生まれた時、今まで優しくしてくれていた貴族たちが掌を返すように、自分とは距離を置き始める。

その理由は弟の方が王太子になる可能性が高かったためだと気が付いた。しかしハリーは、胸のモヤモヤしたものと付き合いながら、弟を可愛がった。

エルエストが大きくなると、弟が王妃の子供ということで、多くの貴族がエルエストをチヤホヤし、あからさまにハリーとの接し方とは区別をするようになる。

そんな大人たちの思惑とは関係なく、物心ついた時からエルエストは、ハリーを兄と慕い、決して自分が前に出ないように心掛けていた。

そして、気が付くといつの間にか、エルエストはハリーに対し敬語を使い、横に並んで立つ時も一歩下がるのだ。エルエストがハリーへの気遣いを忘れず、その姿勢を貫くと周りの大人たちもハリーに敬意を払うようになってくる。

子供ながらもその徹底したエルエストの姿勢は、ハリーにだけでなく、その母アレイト妃にも貫かれ、敬いの行動を崩さなかった。

ある日、とある貴族がエルエストにハリーの陰口を言っているところに出くわしたことがあった。

「ハリー王子は生まれが低いために、考えが卑しいのです。そんな彼が王太子になったら、他の国から侮られることになります。それに比べ、エルエスト王子殿下こそが王太子に相応しいと考えております」

その貴族の男はエルエストに媚び、へつらい揉み手をしながらすり寄る。

ハリーはエルエストがどう答えるのか聞きたくなかった。正確には聞くのが怖かったというべきだろうか。

それでも、足が動かず立ち去ることもできず、その場に留まってしまった。

すぐにエルエストの幼いながらも凛とした声が聞こえてきた。

「なるほど、ではお前はハリー兄上でなく、俺を推薦するということか？」

貴族はニタリと笑う。だが、その欲望の笑みはエルエストの言葉で絶望に変わる。

「では、俺とは見解に相違があるな。俺は兄の立太子こそがこの国のためだと考えている。つまり、お前は私の敵になるということだが、そう判断しても良いか？」

高圧的に一歩詰め寄るエルエスト。

すぐに自分の間違いに気が付いた貴族の男は「滅相もございません。私はこの国のためを考えています。エルエスト殿下がそういうお考えならば、その意に従うまでです」と、深く頭を下げる。

「それならば、俺と同じということだ。是非これからも兄上を支えてほしい」

そう言い残し、エルエストは立ち去った。

ハリーは柱の陰で崩れ落ちる。

今まで弟がどれだけ自分のために、心を砕いてくれていたのかは知っていた。だが、ここまで貴族を牽制し、兄である自分を守っていたのを目の当たりにしたのは、初めてだった。

（今、私が多くの貴族から侮られることなく過ごせているのは、エルエストのお陰だ。もし、大事な弟が望むものがあれば、絶対に手に入れてあげよう）

そう心に決めたのだった。

そして今、ハリーはエルエストの恋を全面的に応援しているのである。

しかし、兄から見ても、エルエストの恋はあまりにも歯痒くて、不安になる。

恋愛初心者の弟に対し、発破を掛けるために、自分もレティシアにダンスを申し込んだのだが……道のりは遠い。

パターゴルフの時も、ハリーは勝負をする前から負けるつもりだったし、レティシアには、どんな手を使っても最下位になってもらうつもりだった。

だが、途中で五位に浮上しそうだったので、自分のボールをレティシアのボールに当て、そのボールを元の位置に戻す時に少しだけ魔法を掛けて、次にレティシアが打つと明後日の方向に飛ぶようにしたのだ。

（……パターゴルフでは八百長をしてしまった。レティシアにはすまないことをしたな。だが、今まで欲しいものがあっても、先に私に譲ってきた弟を、応援したかった。でも手伝いができるのはここまでだよ。あとは、エルエストの頑張り次第だ。さあ、この一週間で思いが通じるだろうか……）

ハリーの心配した通り、エルエストの片思いは続いていた。

恋愛初心者のエルエストには、一週間はあっという間だった。

オロオロしているうちに時間が経過し、なんの進展もなく一週間は過ぎ去った。

そして、レティシアが領地に帰る日が来てしまう。

エルエストは別れ際に、「また領地に行くよ」とそれだけ言い、レティシアも「お待ちしています」と簡素な社交辞令の別れ言葉を交わしただけに終わった。

レティシアの馬車が発車して、手を振って見送るエルエスト。

その様子に、後ろで見ていた王妃と側妃と第一王子の三人は、口角だけ上げて表面上は穏やかに微笑み、馬車を見送っているが、ボソボソと小声で話している。

「私の子ですが、本当にヘタレで驚きましたわ」

「まあまあ、王妃様。これからですわよ。でも、きっとこのままじゃ、発展はなさそうですけど……」

「まさか、弟が手を繋いだだけで帰すとは、兄としても歯痒くてイライラした一週間だったな。せめて婚約の約束まで取り付けてほしかったんだけど」

レティシアの乗った馬車が見えなくなると、無表情のエルエストが三人を指差して怒鳴る。

「先ほどからあなた方は煩いです。俺も精一杯頑張ったんですよ‼」

「え？　どこが頑張っていたというのかしら？」

王妃シルフィナの攻撃を皮切りに、再び三人のぼそぼそと聞こえる陰口が始まった。

「あの、ダンスをした時か？　腰に怖々回した腕のことかな？」

「それとも……自分と同じ色のピアスを付けさせただけの、遠回しなことが頑張ったうちに入るのかもしれませんわよ」

プツン。

エルエストの忍耐が切れた。

「はいはい、いいです‼　一生そこで俺のことを嗤っててください。俺は宮殿に戻ります」

エルエストが、怒って足早に戻ってしまった。

「人にも物にも執着しなかったエルエストが、あれほどの執着を見せるから、ルコント伯爵の人柄を見極めようとアレイト様のご静養について、領地にまで押し掛けましたけど、本当によく気が付いて優しいいい子でしたわ。私としてはもっと攻めてほしかったのですが……」

息子の背中を見ながら、シルフィナ王妃が同意を求めるようにアレイト妃に顔を向ける。

「ええ、本当に。でもあまりエルエスト殿下もゆっくりしていらしたら、他の貴族のご子息に持っていかれるかもしれませんのに……」

アレイト妃までも、少し焦り気味だったが、とにかく口は出すが手は出さずに見守ろうと、三人が協定を結んだのである。

口煩い両妃殿下に囲まれたエルエストは、自室に逃げ込みほっとした。


レティシアが王子宮から領地に帰って数日が経つ。帰ってすぐにレティシアから、両妃殿下、ハリー、エルエストに手紙が届いた。王子宮でレティシアが世話になった侍女たちにも手紙が届いたが、自分がもらった手紙よりも分厚いのが恨めしかった。

そこからは忙しいのか、全く音沙汰がなく、エルエストの悶々とする日が続いている。

王子宮の自室で、エルエストは数日前までいたレティシアの、薄くなった残り香を吸う。

「すうー……はあああ」

その後、すぐに長いため息が出た。

エルエストも分かっている。自分がとても情けないことを。

しかし、少しでも強気に出て思いを伝えようとすると、レティシアは戸惑う。さらに強引に近付くと途端に怯え自分とレティシアの間に強固な壁を作るのだ。あまり執拗にすると逃げられそうで、ついそこでストップしてしまったのだ。

先に進めない自分に嫌気が差すが仕方ない。

レティシアには、太陽のように笑っていてほしいのだから。

（だが、本当に一週間何もできなかった。ヘタレだった……）

「後悔先に立たずだよねぇ～」

エルエストのすぐ後ろからの声。

その声を無視して、エルエストが悩む。

（兄上が陰ながら応援してくれていたのも知っている。それなのに……不甲斐ない。領地に帰してしまっては、今度いつ会えるか分からないというのに、なんの約束もせずに手放してしまった）

「後の祭りってか？」

再び声がする。

「おい、煩いぞ」

エルエストは後ろのマット・ジョイスにペンを投げた。だが、ペンはマットには当たらず、浮遊しているのが腹立たしい。

「なんの用だ？」

エルエストはつっけんどんに言うが、マットにはそれが面白いらしい。

「八つ当たりしないでよ」

マットの口調が軽く、話し声だけ聞いていると、マットの方が年下に思える。

にやにやしているマットに、もう一度尋ねた。

「だから、なんの用だと聞いているのだ」

「あの子……ルコント卿はもう、帰ったんだね？」

マットの口からレティシアの名前が出て、目を見開くエルエスト。

「いつ、レティーに会ったのだ？」

「何日だったかな？」

日にちを思い出そうと、顎に手を当てて首を捻るマット。

首をわずかに傾けただけで、絹のような髪の毛がさらさらと肩から落ちて光る。

魔力が蓄積されてきたようで、髪の毛の色は水色から青色になっていた。

（男の俺が見ても、マットの顔は美しい。これを見たレティシアはどう思ったろう？　もしかして一目惚れしてしまったのではないだろうか？）

エルエストは、自信喪失でみるみる顔色が青くなっていく。

「エルエスト王子殿下、お気になさらずとも、ルコント卿は全く私の顔に興味は持たれてませんでしたよ」

「え？　本当に？」

「それよりも、侍女の服を探すのに忙しそうでした」

エルエストが急に生き生きとした顔に戻り、嬉しそうだ。

「マットの顔よりも、侍女服か……。やはり、レティーは面白いな」

ほっと一安心のエルエストは、ソファーにどっしりと座る。

「ここに来た用事くらい聞いてくださいよ」

「ああ、すっかり忘れていた」

マットが少し肩を上げておどけた顔を作った。

「王子殿下の頭の中が春真っ盛り。そんな中言いにくいのですが、例の髪の毛がピンクの侍女が、変なことを呟いていたので、報告しに来たんですよね」

「髪……ピンク……ああ‼　あいつか？」

自分に纏わり付いていた、気味の悪い侍女がいたことを思い出す。王子宮から追い出して、存在すら忘れていた。

「そう、あいつです。あれが、『邪魔な女は嫌っている領民が片付けてくれるし、そうなったら王子は私の物ねー』って鼻唄歌ってたんです。それってもしかしたら、ルコント卿のことじゃないですか？」

「俺のことをまだ狙っているなら、『邪魔な女』というのはレティーのことで間違いないが……。レティーを嫌っている領民は、いないだろう？」

ルコントの領民を思い出す。

『レティー様を返してくだされー‼』と馬車を追い掛けてきた領民たち。

レティシアを家族のように大事に思っている、あのルコント領の中で、レティシアを嫌っている人物……。

どう考えても一人も思い浮かばない。

イカれたピンク女の言っている人物は確定していないが、もしレティシアならばと考えると、こうしてはいられない。

「俺は、今からルコント領に向かう。事情はマットから兄上に話してくれ」

エルエストは、五名の近衛騎士を連れて、ルコント領に急いだ。

叔父の欲深い計画

時は遡り、ここからはレティシアがまだ王子宮にいる時に起こった話である。

ヤニク・ワトー男爵は、ルコント領に向かう馬車が、王都の町から出ていることに驚いていた。王都から少し外れた庶民の町からではあるが、ルコント領に向かう定期馬車があったのだ。

普通に考えれば、それくらいルコント領に行き来する人が増えたと分かるのだが、物事を深く勘案する能力を持たないヤニクは、このあともこのように浅慮なまま行動していくのだった。

（なんだ？　いつの間にこのような馬車便ができたのだ？　まあ、ルコントに行くのは不便だったし、なぜこのように馬車ができたのかは知らないが、ちょうど良いぞ。ルコントが私の物になったら行き来も増えるしな）と深く考えもせずに乗車する。

そのため、ルコントに着いたヤニクは馬車から降りてすぐに我が目を疑うことになった。

まずヤニクが見たものは、賑わいを見せるルドウィンの町。

当初、馬車が行き先を間違えて、違う領地に来たのではないかと思ったほどだった。

「これはいったいどういうことだ？　あれほど廃れていたのに……この変わりようは……？」

以前訪れた時、人のいない商店は薄汚れていて、店内に入るのも躊躇（ためら）うほどだった。その時の領地には行き交う人もいず、ただ砂ぼこりが舞う暗い町だったはずだ。

だが、今は異国に来たような建物が並び、観光客さえも変わった服を着て行き来しているではないか。数店舗しかなかった店は、大通りを挟んでずらっと並んでいる。しかも、物珍しい物ばかりでどの店も客で溢れていた。

初めて都会に出てきた田舎者のように、左右を交互にキョロキョロしながら見て回る。

すると店の中から声をかけられた。

「そこの旦那様、ウエスタンなルドウィン町は初めてのようですね。是非、ジーンズに着替えてカウボーイスタイルに変身してくださいよ」

そこの店主は大柄な男性で、にこにこと笑みを浮かべて接客を始める。

（ここの領地の人間が、笑うなんてビックリだ）

「ほら、旦那様ならこのウエスタンシャツとか似合いますよ」

にこにことシャツを広げられても、ヤニクにはお金がない。

「いや、私は結構だ」

庶民に自分がお金を持たない貧乏人だと思われたくなくて、横柄にしっしと追い払い素早く身を翻（ひるがえ）してさっさと店を離れた。

しばらく歩くと今度は、肉の焼けるいい匂いが食欲をそそる。ふらふらとそのステーキ屋の看板を見るが、メニューの価格を見て一歩下がった。

懐の寂しいヤニクは諦めて、少し歩いた先にあったハンバーガーと書かれた店に入ってみる。

店内は入れ替わりが激しく、外のテーブルにも多くの観光客がハンバーガーとやらを頬張っている。

「女性だというのに、あんなに大口を開けて食べるなど恥ずかしいとは思わないのか？」

横目で罵りながら、自分も大きく口を開けて食べてみた。パンにミンチを挟んだ斬新な食べ物。それに喉がシュワシュワする不思議な飲み物はどれも想像以上に美味しかった。

食事を終えると急激に発展した街並みを、ぶらつきながら見て回る。

それにしても、どこも客で溢れているではないかと、感心しつつも、短慮と欲深さから自分に好都合なことを考えた。

（この領地の変化はきっと平民たちが考えたのだろう。ここを俺の物にすれば大金が手に入るな。この領地を売るのは止めにして、俺が領主になった方が良さそうだ）

勝手なことを呟きながら、パン屋にふらりと入ってレティシアのことを聞いてみる。

「いらっしゃいませ」

ドスの利いた男の声が店内に響く。

だが、顔を見るとやはり笑顔だ。

ヤニクは偉そうな貴族の顔を作って、パン屋の店主に近付いた。

「私は近々この領地の領主になるヤニク・ワトーという者だ。少しレティシア・ルコントのことで尋ねたいのだが、いいかね？」

パン屋の店主、ジョージの眉にぐいっと力が入ったが、すぐに戻る。

「レ……ルコント伯爵様のことですね？　はい分かりました。聞きたいこととはなんでしょうか？」

怪しいと感じたジョージはすぐにレティー様呼びではなく『ルコント伯爵様』に変えた。そして、用事で北部のオルネラ村から帰っていたケントに目で合図する。

いつもは相手が平民だと横柄な態度になるヤニク。だが、ここは重要な仕事（暗殺）を頼むために少しにこやかに話を切り出した。

「君たちもあんな幼い領主の元で、ここをこれほど盛り立ててきたのは並々ならぬ苦労があったのだろう？　私はあれの叔父に当たるのだが、本来ここは私の物だったのだよ。君たちも、大人である私が領主になれば安心ではないか？」

こいつはいったい何を言ってやがるんだ？　ジョージとケントの顔から愛想笑いが消える。

二人の間の空気が、怒りでひりついているがヤニクは気が付かない。

なんせなんの能力もなく、小銭を数えることしかできない男にそれを察することは無理だろう。

しかも、その沈黙を、どうやったらそう思うのかは理解できないが、自分の言葉に感銘を受けたのだと勘違いし、さらに調子に乗ったヤニクが、演説じみたことを言い出す。

「あんな子供に命令をされて、税金を支払うなんて屈辱だろう。言わなくても分かるぞ。私には君たちの気持ちは分かっている。私はあの小娘から君たちを解放する方法を知っているのだ。是非私に力を貸してくれないか？」

ケントが拳を握り、ジョージに見せる。

《一発殴ってもいいか？》と。

ジョージが目を閉じ、少し横に首を振る。

《やめとけ》

声には出さないが、二人の意見は一致した。

（こいつの目的と計画をしっかりと見定めよう）

そして、アイコンタクトだけで二人は結論を出した。

最終的にレティシアの叔父と名乗る胡散臭い人物を、ケントが監視することになった。ケントはこの危険人物であるヤニクの顔を領地全てに知らせるために、オルネラ村にも連れていくように仕向ける。指名手配書の代わりに、実物を見せるのと、時間稼ぎ作戦だ。

長い演説のようなヤニクの自慢話が終わると、ケントがすぐに行動に移す。

「それでしたら、是非北部の村に行ってオルネラ村の連中にも話をしてやってください。すご〜く興味を持って聞いてくれますよ」

「おお、そうか。農村の奴らは食べ物もなく困っているだろうから、私の手足となって働いてくれそうだな」

上機嫌のヤニクを、ジョージは気が付かれないように後ろで睨んでいる。

振り向いたヤニクは、パッと表情を変えて笑顔に戻したジョージに、もう一つ尋ねた。

「小娘は今、王子宮に行っているが、どうして侍女の仕事をしているのだ？」

「ああ、それは王子宮に行ってもらわないと……。（レティー様が全然休んでくれないので）大変なんです」

「ああ、そういうことか。ククク。そうだと思ったぞ‼　やはりな」と何を勘違いしたのかヤニクが笑う。

きっと領民に追い出されたのだと、高笑いしているのだろう。だが、勘違いしてもらっている方が、この貴族を騙しやすい。ジョージはヤニクに真実を伏せたままにし、下品な笑いをさせておくことにした。

「それでは、私がオルネラ村に案内するので、移動してください」

ケントが口許だけの微笑みを見せて、ヤニクを村に連れていく。

ケントは小さな馬車に、子供用のポニー数頭を繋ぐ。

「こんな馬しかないのか？　私は急いでいるというのに……」

「すいませ～ん。今は乗馬体験のお客様が一杯で、これしか残っていないんですよー」

ケントはしらっと嘘をつく。

「仕方ないな。我慢してやろう」

ヤニクは腕組をした腕を指でトントン叩く。

ポニーの馬車はポテポテと歩く。

ポテポテ……ポテポテ……

苛立ちが、貧乏ゆすりに変わる。

ポテポテ……ポテポテ……。

「ええい‼　これだったら歩く方が速いわ‼」

「それじゃあ、降りて歩きますか？」

ケントがポニーの馬車を止める。

「何を止めているんだ。歩くわけがないだろう。早く出せ‼」

「はいはい」

ケントは再び、ゆっくりと馬車を優雅に歩かせた。

（これが一般のお貴族様ってやつか。庶民を全て見下した態度で、威張り散らす。あー殴りてえ）

この男がルコント領を治めるようになったら、きっとここの暮らしは地獄のようになるだろう。そんなことは絶対にさせないと、ケントはゆっくりとポニーを歩かせた。

ケントがのんびりと北に向かっている時、パン屋のジョージが早馬で逸早くオルネラ村に到着。そして、マイクやポドワンに声をかけ、村人を集合させていた。

ポドワンが小麦畑の実入りのチェックをしていると、坂の下からマイクが手を振ってこちらにやってくる。マイクに手を振り返そうとしたポドワンだったが、後ろの人物を確認した瞬間手を下ろした。

なぜならオルネラの村人ならば、敵のように認識しているルドウィンの町人を連れていたのだ。しかも並んで。

「なんでマイクが、ルドウィン町の人間なんかを連れてきてるんだ？」

マイクはこのオルネラ村の重鎮で、村の顔というべき人物だ。

それが、ルドウィン町のジョージと親しく話しながら歩いているのは、裏切りのように感じ腹立たしい。しかも、遠目に見ると意気投合して仲良く話しているように見えるから尚更だ。

こちらからは一歩も動かず、近付いてくる二人を、仁王立ちで待つポドワン。

ルドウィン町の人間に、こちらから話しかけるものか。そう思っていたが、マイクが険しい顔で発した言葉に驚き、ジョージに自分から話しかけることになった。

「どういうことだ⁉　なんでレティー様の叔父が、この領地を乗っ取るなんて発想をしてやがるんだ⁉」

ポドワンの怒りも尤もだ。ここまで豊かになったのは、ひとえにレティシアの功績が大きい。それを横から、欲張りな貴族が乗っ取ろうとしているのだ。

あまりの憤りで、肩が上下するほどに怒りが抑えられない。

「落ち着け。今その叔父と名乗る男がここに向かっている。だから、早く村人に通達しなければならんのだ」

マイクに肩を叩かれたポドワンは、少し冷静になった。

そのポドワンにジョージが話を続ける。

「さっき町で叔父の様子を見ていたが、金に困っているようだった」

客商売が長いと、偉そうにしていても、その男の懐具合を探れるようになってくる。ジョージはその商売人の嗅覚で、追い詰められた人間の匂いを嗅ぎ取っていた。

お互いにこの流れで、前日まで仲違いしている間柄なんてことは、すっかり忘れている。

「マイクさんと話していたんだが、奴がどういう方法で、レティー様をこのルコントから追い出して自分がこの領地を手にしようとしているのか、先に見定めようということになったんだ。だから、追い出すのではなく、一旦ルコント領の領民全員で、その動向を探ろうと思う。どうだ？」

ジョージの意見には賛成だ。

金の亡者となった奴は諦めが悪い。一度追い返しても、何度もやってくるはずだ。

「そうだな、今はちょうどレティー様が王宮にいる。帰ってくるまでに奴の計画を調べあげて捕まえた方がいい」

安全な王宮にいる間に、その叔父とやらの計画を暴いてやる。

男たち三人の頷きで、方向性が決まり、この決定事項は、村人に漏れなく伝達されたのだった。

『叔父を見かけたら、レティー様呼びを止めて領主様と言い、レティー様を敬愛していることを隠すこと』と。

伝達が終わった頃、ようやくオルネラ村の入り口にヤニクが着いた。

それと同時に、作業していた村人が頻りにヤニクを見る。それは、レティシアの敵となる人物の顔を認識するためだ。特に子供たちからは『大悪人』と認定された。

「やっと着いたのか。全く乗り心地の悪い馬車に乗せられ……」

愚痴を言いかけたヤニクの目の前に、金色の麦畑が広がる。

「な、なんてことだ……。荒れ果てた土地しかなかったのに、どうして……？」

さらに、村の奥に行くと水車や見慣れぬ建物。

「なんだ？　ここもまるで全く別の国に来たみたいだな。それに……」

山の入り口には、多くの旅館と土産物屋が立ち並び、ここにも観光客が大勢いるではないか。

驚いていたヤニクの顔に、欲にまみれたイヤらしい笑みが広がっていく。

「俺はついている。これが全て俺の物になるのだな？」

ケントは愛想笑いを止めて、『チッ』と舌打ちが出た。

だが、取らぬ狸の皮算用中の男には、お金のチャリンチャリンと降ってくる音しか聞こえていない。

「あの『22滝』と書かれた看板はなんだ？」

ヤニクが、ケントが書いた看板を指差す。

自分の書いた看板を見られただけなのに、レティシアと二人で作ったハイキングコースの聖域が汚されたような気がして、むっつりとしてしまった。

「おい、聞こえていないのか？」

ヤニクの不機嫌な声にため息が出そうになるが、ここで相手を怒らせては、レティシアを守れない。

再び愛想笑いをし、「ハイキングコースの中に二十二の滝があり、それが観光客を呼んでいるんです」と早口で答えた。

「ほほう。ここでも金が落ちているのか。うん？　あそこにいる女は誰だ？」

ヤニクがソワソワと視線を向けた先に、マリーがいる。

自分の妹が邪（よこしま）な目を向けられたことに苛立ち、答えずにいると、ヤニクが舌舐めずりまで始めた。

「ここには綺麗な顔立ちの女が多いな。領主になったら娼館を作ろう。そして、俺が……ぐへへ」

ヘドが出るとはこんな時に使われる言葉なのだろう。

怒りと気持ち悪さと憤りがセットになって、ついにキレたケントの拳がヤニクに向けられた。

だが、その拳をマイクが掴む。

「ケント、ご苦労さんだね」

今起こったことなどなかったかのように、にこやかにマイクはケントに話しかける。

ケントも掴まれた腕をすぐに下ろし、マイクに笑顔を向けた。

この一瞬の出来事に気付いていないヤニクは、突然現れた老人を胡乱げに見る。

「こいつは誰だ？」

ヤニクの横柄な態度はここでも健在だ。

「この人はこのオルネラ村で、長老みたいな人です」

「ご紹介に預かりまして、私はマイクと申します」

マイクが大きな巨体を少し曲げて、挨拶をすると、座っているヤニクにはブルッと震えるような圧力がかかった。

「そうか、長老か。それはいい。村人を集めろ。すぐにだ‼」

「申し訳ございません。ここで私たちに命令できるのは、領主様だけなんです」

マイクは相変わらず、微笑みつつも体から恐ろしい威圧を醸し出している。

「ああ？　もうすぐ俺がここの領主になるのだ。お前たちも小娘がいつまでも大きな顔をして威張り腐っているのは嫌だろう？　だから、俺が領主になってやると言ってるんだ。ありがたく思え」

「………」

ヤニクから見えない場所で、今度はマイクの腕をケントが全力で押さえていた。

「マイクさん、ダメですって。我慢してください」

ごそごそしている二人に、慌ててポドワンが駆け寄る。

「マイクさん、どおしたんです？　あれぇ？　この人はいったいだれなんだい？」

お遊戯会の園児にも劣るほどの棒読みのポドワンに、マイクもケントも一気に気が抜ける。

「こ、この方は、レティシア・ルコント領主様の叔父に当たる方で、ヤニク・ワトー男爵様です」

「わあ、はるばるいらしてくださったんですねえ。こんかいは、どおいったぁ、ごようけんでいらしたのですかぁ？」

ケントの失笑をものともせず、ポドワンの劇が続く。

しかし、この恐ろしく大根な芝居が良かった。ケントもマイクも怒りの感情が落ち着き冷静になる。

「お前たちに話があるのだ。村の者を全て集めろ‼　それからここで一番いい宿屋に連れていけ‼」

しかし、この騒ぎに手の空いている者はヤニクを中心に既に集まっていた。

叔父と名乗る不躾な男の話を聞いて、心中では『どんな男か見てやろう』と頭に血が上った連中が立ちはだかるようにいたのだ。

旅館に案内すらしない村人に業を煮やしたヤニクが、馬車から降りて村の大きな旅館を目指して歩き出した。

旅館が立ち並ぶ場所には、たくさんの観光客がいる。

そこで、問題を起こされては困ると、ポドワンが慌ててヤニクの服を掴んでしまった。

「汚い手で触るな‼　俺の服に土が付いたらどうするんだ‼」

まるで、汚物が付着したように、ハンカチでジャケットをパタパタと払うヤニク。一触即発なこの場面に、冷静なケントが対処した。

「ポドワンさんは、今ヤニク男爵様の服に付いていた毒虫を取ってくれたんですよ」

毒虫と聞いてヤニクは飛び上がった。

「毒虫？　そんなものがこの村にはいるのか？」

毒虫と聞いてヤニクは、異常に怯えだした。ヤニクがキョロキョロと足元や、腕に毒虫が付いていないか確かめる様を見て、村人は少しだけ胸がすく。

「ええ、恐ろしい奴でね。ピョンピョンと飛ぶ小さな蜘蛛なんですが、怖いんです」

（それはハエトリ蜘蛛だろ）

マイクとポドワンが脳内でハモる。

しかし、分かっていないヤニクは、唯一の安全地帯だと思った馬車に飛び乗り、ここからすぐに立ち去り、ルドウィン町に引き返すように命令した。

「村人を全部集めなくていいのですか？」

もう既に、欲深い叔父の顔を大半の村人は覚えた。ということはここにこの危険な男を置いておく必要はない。だが、ケントがわざとらしく聞いてやった。

「もういい。それより、おい、お前。マイクといったか？　それとそっちの男も町に来い。町の者たちと一緒に重要な話をしてやる。必ず来い。分かったな‼」

マイクとポドワンに命令すると、ケントに早く馬車を出せと喚いていたが、馬車のスピードは行きと同じくらいのんびりとしたものだった。

ポテポテ……。

ようやくポニーの引く馬車がルドウィン町に着いた頃には、ルドウィン町の郵便局の裏にある集荷場に、主だった住民が集合し、そこにはマイクもポドワンも到着していた。

ルコントの領民には全て、レティシアの叔父がこの領地を乗っ取ろうとしていることは通達ずみだ。これも、ポニーがゆっくりとヤニクを運んでくれたお陰である。

広くはない郵便局の集荷場だったが、案内されたヤニクは、とてもいい気分だった。集まった人々が笑顔で待っていたからだ。

実際には上辺だけの微笑みで、目は誰一人笑っていない。

だが、この勘違いは以前レティシアから、屋敷の従業員を全て奪った記憶が主因にある。卑劣な行為が、成功体験としてヤニクの自信になっているのだ。

なので、今回もルコントの領民全てが、自分に付き従うのだと信じて疑わなかった。

「よく、集まってくれた。私はこのルコントの正式な領主となるはずだったヤニク・ワトー男爵である。お前たちがレティシアという無能な小娘の下で、苦労をしていると知って、助けに来てやったのだ。ありがたく思え」

レティシアの叔父だから、少しは彼女に似ているのだろうか？と思っていたが、レティシアの美しい容姿とは正反対で、似ているところは一つもない。

しかも、あれほど庶民に寄り添い優しさを見せるレティシアに比べて、この横柄な態度に驚いた。あまりの違いに人々が一斉にざわつく。

そんな中、ジョージが手を挙げた。

「ふむ、お前らのような庶民が私と話せる身分でないことは分かっていると思うが、今日は許してやろう。なんだ？　話せ」

（レティー様はお前より位が上の伯爵だが、気軽に話してくれるぞ‼）と誰もが憤る。その中ジョージが、感情を殺して話した。

「今このルコントは急上昇で発展してきている。ワトー男爵様はここから、もっと発展をさせてくださるので？」

ジョージはレティシアが一緒になって作ってくれたこの町を誇りに思っている。

これほど発展した領地、お前ごときにこれ以上何もできないだろう？と、ヤニクに無能を露呈させるつもりで質問をした。

だが、意外にもヤニクはこの町をもっとスケールの大きな街に作り替えて大儲けをするという。

「私がいれば、この町はさらに大きく発展するだろう」

「それは、どういった案ですか？」

「簡単だ。この町の全てをピンクに塗るのだ‼」

「「ピ、ピンク？」」

住民全てから、すっとんきょうな声が漏れた。

「この町の壁をピンクに塗り変えて、全て娼館にするのだ。ここは王都からも良い具合に離れているからその手の客も集まるだろう。それに、ここにはいい女も多い。儲かるぞ」

ヤニクの爛れた目が向いたのは、喫茶店経営者のノリーとその娘のクロエだ。

ノリーは娘のクロエを隠すように、自分がズイッと前に出る。

だが、この案に憤りを感じたのは彼女たちだけではない。

今、健全に遊びに来ている観光客の期待を裏切ることになるのだ。

それに、あんなに頑張ってくれたレティシアを思い出すと、そんな案を出されたこと自体、屈辱でならない。怒りで皆が押し黙る。

だが、ヤニクはまともな人なら読めるこの沈黙を、皆が自分を尊敬しての静寂と受け取った。

恐るべきKYである。

「私の経営能力に驚愕したようだな。お前たちは小娘に仕えていたが、これからは私がお前らの領主になってやれる。しかし、今のままではレティシアが領主だ」

当たり前だろう‼　これからもこの先も領主はレティーシア様だ。領民の心の声が聞こえていたならば、大声量だったはず。

「小娘からの支配が嫌ならば、お前たちが動けば良いのだ」

「……ん？」

ヤニクの言っていることが分からず、皆が同じ角度に首を傾げる。

「分からないのか？　ほら、考えろ‼」

ヤニクにしてみれば、自ら言ってしまえば捕まった時に『ヤニクに命令された』と証拠になここまで言えば、自分に賛同した男の一人や二人が挙手をし、『私が殺りますか』と言うだろうと安易に考えていた。

しかし、いくら待っても誰も何も言わない。

いや、領民は本当に分からないのだ。

「ええい、察しの悪い奴らだな。小娘を追い出すのは実質無理だ。だが、小娘がいなくなればいいのだ。ほら、どうすればいい？　よく考えろ」

ヤニクは壁をドンドンと叩き訴える。

「…………」

ここで、ようやくヤニクが言いたい言葉を理解した領民が数人いた。

無論、分かったとしてもそのようなことを、ルコントの領民が言うわけがない。

（なんと阿呆な奴らだ。ここまで言ってもまだ分からないとは）

苛立つヤニクはヒントを与えるつもりで、一文字を声に出して言う。

「誰か一人でいいのだ……。そのレティシアをこ……」

「「「こ？」」」

領民がヤニクの言葉を復唱する。

察しの悪い領民にイライラしながら、もう一声追加したヤニク。

「だから‼　ころ……」

「「「ころ？」」」

「むむむ、ここまで言っても分からぬとは。だから……レティシアを殺せばこの領地は私の物になるのだ」

一瞬で郵便局の集荷場が凍り付く。

一番、『怒』の冷気を放っているのはマイクだ。

孫のように大事にしているレティーお嬢を殺すだと？

マイクの腰をジョージが押さえていなければ、ヤニクは殴り殺されていただろう。

「落ち着け」とマイクに言っているジョージでさえ、怒りで顔を真っ赤にしていた。

いや、ここにいる全ての者が怒りを堪えていたのだが、ヤニクは気が付いていない。彼の頭の中の脳みそはミジンコクラスの大きさだ。気付くわけがない。

なんせこの時彼は、このルドウィン町がピンクに塗られ、美しい女たちに囲まれる自分を想像していたのだから。

ヤニクが領民を見れば、四人の男が手を挙げている。

「俺たちはこの領地を大切に思っている」

「おお、そうか‼　やってくれるか」

ヤニクは大喜びだが、決して彼らは『する』とは言っていない。

挙手したのは、マイク、ポドワン、ジョージ、ホテルのフロントマネージャーのコーリンの四人。

ポドワンは「マイクさんはお年寄りだ。この件からは降りてもらう」と言ったが、マイクが譲らない。

「誰が年寄りだ。お前たちには負けん」

ヤニクが、大柄で足が遅い爺さんならば、捨て駒にぴったりだとほくそ笑む。

「いやいや、やる気があるのは結構だ。お前も参加しろ」

ヤニクが顎を撫でながら、自分の采配に酔いしれていた。

マイクは、この男がレティシアを傷つけようものなら、容赦なく叩きのめすという意気込みで参加を決意したのだ。

溢れる殺気が、自分に向けられているとも知らず、ご満悦のヤニクはホテルの総支配人のフレイムに、一番良い部屋に通せと無茶を言い、ホクホク顔で、「今後の指示を待っていろ」と言い残しその場を去った。

ヤニクがいなくなると、コーリンが怒鳴る。

「街をピンクに塗れだぁ？　こちとら、爽やかに笑う笑顔の練習をどれだけレティー様にさせられたと思ってんだ。ここまでの努力を無にできるかってんだ‼」

マックスナルトの店主、マックスもいつもの笑顔は消し去っている。

「聞いた話、あいつの領地じゃ、庶民に高い税金を掛けて、払えなくなったら即娼館に売られるって聞いたぜ。それに幼い子は下働きに出されて、その給料を盗んでいるそうだ」

喫茶店のノリーは、青ざめた娘のクロエを抱き締めている。

「あのエロ親父が領主になったら、この領地の全ての娘を狙うだろうね」

「きっとそうなるな。オルネラ村に行った時、俺の妹を見て舌舐めずりをしていたからな」

ケントの言葉に、ポドワンが壁を殴る。

「俺の妻に、手出しさせるものか。その前に殺してやる」

ジョージはさらにヒートアップしていた。

「俺の娘をそんな嫌らしい目で見ていただと⁉　目ん玉をくり抜いてやるぜ‼」

立ち上がった二人はお互いの顔を見て、気まずそうに座る。

そう、この二人の関係は義理の親子。

しかし、オルネラ村とルドウィン町の仲が悪すぎて何年かぶりに顔を会わせたのだった。

マイクがゆっくりと皆の顔を見ながら立ち上がる。

「皆は分かっているのか？　貴族とは多かれ少なかれあのような態度で接してくる。だが、このルコントの領主様はどうだ？　若いが経営能力は抜群。そして何よりも領地に住む我々のことを家族のように考えてくれるような領主は、レティー様以外にいるか？」

誰もが首を横に振る。

「では、決まりだ。もうすぐ帰ってくるレティー様を、オルネラ村とルドウィン町は連携し、守るのだ‼」

「おー‼」「やってやるゼ！」

「まかせとけ‼」

一斉に椅子を後ろに倒して立ち上がり、全員が雄叫びをあげたのだった。

レティシアはやっと……やっと王子宮から戻ってきた。

王宮にいたのはたった一週間。でもこれほど長く領地を離れたのは初めてのことで、領地に戻った時は懐かしさを覚えたほどだ。

「おかえりなさいませ。レティー様」

「レテさまおかえりなさい」

「レティー様お待ちしていました」

侍女のリズが、可愛いケイトと一緒に出迎えてくれた。

だが、執事のロバートは表情が妙に硬い。

何か領地の経営状態で、重大な問題が起こったのだろうか？と心配になるが、まずは犬っころのようなケイトを撫でて、愛でて癒しを堪能する。

「レテさま、レテさま、わたしね、とってもお水やりをがんばったから、おやさいのお花がいっぱいさいたの。みてみて」

ケイトが手を引いて畑に行こうとする。

レティシアも「それは楽しみだわ」と一緒に庭に行こうとしたが、リズが遮った。

「ケイト、今から大切なお話があるから、ダメって言ったでしょ」

リズがメッとケイトを窘める。

「帰ってこられたばかりで、お疲れのところ、誠に申し訳ございませんが、急を要しますので、ロバートの話をお聞きください」

いつもは穏やかなリズの顔が、こうも険しいのは珍しい。

レティシアが領地にいなかったことで、余程の事件が起きたのだろうか？と息を呑んだ。

ソファーに座ったレティシアの前に立ち、執事のロバートは座ることなく話を始めた。

「話は長くなりそうでしょ？」

レティシアが問うと、ロバートが頷いた。

「じゃあ、そちらに掛けて話して頂戴」

レティシアがソファーを勧めると、いつもなら固辞するロバートがすぐに座る。

（あらあら？　絶対に座らないロバートなのに……、聞くのが恐ろしいわね）

覚悟を決めてロバートの顔を見ると、彼が頷き話を始めた。

「レティー様の叔父上のヤニク・ワトー男爵が、レティー様のルコントからの排除を計画しています」

「それって……」

ロバートが素直にレティシアの前に座った理由が分かった。彼はレティシアの顔色を見ながら、言葉のさじ加減を選んでいるのだ。怖がらせる言葉を用いては、レティシアを泣かせてしまうのではと……。

（私が驚かないようにと、ロバートは配慮してくれているが、排除＝暗殺では？）

ここでさすがのレティシアも、不穏な言葉に胸が苦しくなる。

しかし、恐怖で泣き崩れたりすることはない。むしろ、怒りで頭がフル回転だ。

いくらお金が欲しいとはいえ、実の姪の暗殺を考えるなんて、思ってもみなかった。しかも、お金には汚いというのは、小説でも散々書かれていたから知ってはいるが、殺しに手を染めるなんてなかったはず。

（並外れたクソ叔父だったのか‼　分かっていたならもっと早くに手を打っていたのに‼）

自分の甘い見通しが悔しかった。

レティシアがヒロインを虐めずに、生き残っていることは、本来の小説にはないことだ。この歪みをなくすストーリー補正のために、ここで殺されるようになったのだろうか？

そう考えるとレティシアは、この小説の世界がいつまで経っても自分を不幸へと導くことに腹が立ってきた。

拳を握り、怒りを我慢しているレティシアの、予想と違う態度に困惑しつつも、ロバートは順を追って話す。

「ワトー男爵は領地で儲けたお金を湯水のように使っています。そしてお金に困り、目を付けたのがここルコントだと推測されます。ルコント領を我が物にせんと画策しているようなのです」

ようやく軌道に乗り始めたこの領地を食い物にしようだなんて、絶対に許さない。

この領地でできた多くの友人の顔を思い出し、自然とレティシアの顔が引き締まる。

(絶対に負けないわ。私がこの領地と領民を守り抜いてみせる)

決意したレティシアの顔にロバートは驚く。大人でも狼狽える状況なのに、怯えもせず、決意を固めた様子に感服し話を続けた。

「彼は自分の手を汚さぬように、この領地の人々から暗殺者を選びました」

「へ?」

決意した凛々しい顔が間抜けな顔になり、首を傾けた。

しかもロバートが告げた暗殺者のメンバーがメンバーだけに、レティシアの気も緩む。

しかしその緩みも一瞬だけだった。それは、自分を守るために暗殺に志願したマイクたちが、ヤニクの証拠も掴もうと、危険を犯しているのだと察したからである。

うーんと考えながら、ロバートに続きを促した。

だが、ここで彼が言い澱んで黙っている。

あまりにも落ち着いているレティシアに、ロバートも話を続けていたが、この次の話はロバートも口にするのを躊躇った。

「……実はですね……、ルコント領の人々だけでは不安になったワトー男爵が、何人か、ならず者を雇ったようなのです」

ロバートは言い終わるとすぐに、レティシアの顔色を窺う。

しかし、レティシアは飄々としている。なんなら、少し喜んでいた。

「あら、その者たちを捕まえることができればいい証人になるわね」

そして良い案が浮かんだレティシアは、嬉しそうに言葉を続けた。

「それでは、町の聖教会で餌の私が一人で入っていけば、いい囮になるわ。ならず者たちがそこで私を襲ったところを全員で捕まえましょう」

ならず者と聞いても余裕で微笑み、さらには自分が囮になるというレティシアに、ロバートの顔が顰めっ面になった。この度胸と自己犠牲はどこから来るのだろうと。

昨日まで、暗殺を企てているヤニクのことを、レティシアに怖がらせないように、どう説明したら良いか頭を悩ませていたというのに。きっと、恐怖で泣き出してしまうかもしれないと、時間を掛けて話をするつもりが、あっさりと報告が終わってしまったのだった。

そして、レティシアの計画は、ロバートとレティシアの護衛騎士のトラビス・ハイムに託されて、夜遅くまで綿密に打ち合わせられた。

さらに次の日には、その計画がマイクたちにも伝えられる。

そしてその日のうちにジョージが、ルコントにのうのうと滞在を続けているヤニクに、レティシアが帰ってきたことを告げる。

「ワトー男爵、レテ……領主が帰ってきました」

「ああ。それくらいの情報は掴んでいる。他に目新しい情報はないのか？」

お金も支払わず滞納しているくせに、相変わらず態度がでかいヤニクに対し、ジョージは顔を顰めてしまいそうになる。

「あります。さっき聞いた新鮮な情報ですよ」

「なんだ？　それは」

「領主は週に一度聖教会を訪れるんです。その時にはあの護衛騎士はいないと聞きましたぜ」

「それは、本当か⁉」

「間違いございませんよ。護衛騎士は聖教会と反目しているアテレン教徒です。教会に足を踏み入れることはないでしょう」

聖教会が聖人トトノウを信仰しているのに反し、アテレン教とはその妻であったアテレンを深く信仰している宗教だ。その昔一つだった二人が大喧嘩して別れたとかなんとか……。

詳しいことはさておき、つまりこの二つの宗派は対立していることで有名なのだ。

「そうか、護衛騎士はアテレン教か。よくやった。これならば、お前たちが教会の中で待機して、小娘が中に入ってきたところを襲えばいいのだ」

計画は全てヤニクの思い通りに運んでいる。

機嫌がいいヤニクが、お金をけちるために余計なことを言い出した。

「小娘一人なら、ルコント領のお前たちだけで十分だろう。俺が雇ったならず者たちは引き上げさせようかな？」

そのならず者たちを捕まえるための計画なのに、引き上げさせてはこの計画は頓挫してしまうではないか、とジョージが慌てる。

「お金のことなら、俺たちがなんとかしますよ。俺たちはなんといっても素人の集まりだ。失敗すれば相手は用心し、警備を固めるかもしれませんよ」

ならず者との雇用契約を解除しないように、ジョージが失敗した時の不安を煽った。

「ふむ。それもそうだ。もし失敗したら……」

ヤニクの脳裏に、王宮のパスカルに責め立てられて牢屋に連れていかれる自分がよぎる。

「お前の言う通りだ。ここぞというところで金を惜しんでいる場合ではないな」

何度も頷くヤニクにジョージが、さらに不安を煽ろうと、「領主の暗殺に失敗すれば男爵様も貴族といえど、絞首刑なのでは？」と脅かしまくった。

だがその結果、ビビりすぎたヤニクが暗殺者まで雇い、連れてくることになるなんて想像もつかなかったのだった。

ヤニクに雇われた三人のならず者たちは、教会内でせっせと用意するルコント領民を、教会の入り口で警戒するように立っていた。

「たかが小娘に大仕掛けだな。しかもこんな大人数なんて聞いてないぜ」

「小娘一人やるっていうのに、何人ここに集まってやがんだ？　胆の小さい奴らだぜ」と鼻で嗤う。

だが、それを全く気にすることなく領民たちは準備を進める。

「まずはレ……領主が入ってきて一番前の席に着く。そして、聖司教様の説教が始まり領主が油断したら、天井の梁に隠れているお前たちが上から網を被せるのだ」

ジョージがポドワンとコーリンに目配せをする。

「分かった」

任せとけとばかりに親指を立てる二人。すっかり村人と町の人との蟠(わだかま)りはなくなっていた。

それればかりか、多くの領民の間ではレティシアを守ろうとする連帯感が強くなり、『レティシアのために』という旗のもとに結束した人々の気持ちは、かなり強固なものとなっていた。

喫茶店のノリーとクロエも、村に嫁いでから疎遠になっていたマリーと、以前のように親しげに話ができて嬉しいようだ。マリーの夫であるポドワンとも気軽に話している。

ここで問題が発生した。全ての準備がまだ終わっていない時に、聖司教様が祭壇に現れたのだ。これには、ルコントの領民が驚き息を呑む。

実は司教様が出てくるのは、もっと後なのだ。

『司教様！　時間が早すぎます』

必死で止めるも、テンパった彼には届かない。

『ダメだ！　司教様の目がとんでるぜ』

領民の気持ちも知らず、祭壇の前に立ち、説法を始めた司教の口は止まらない。

これで今日の領民たちの計画は大幅にずれていく。

今日の日程（うまくいった場合）
①いつもの時間にレティシアが到着。
②一番前の安全な場所に着席したレティシアを、領民が捕らえたように見せかける。
③ここで、『やはり俺たちにはできない』とならず者三人に頼む。
④一番後ろの座席で待機していたならず者たちに上から網を被せて、総攻撃。
念には念を入れて騎士のトラビスは祭壇の入り口近くに待機して、最前列のレティシアを守る。

とまあ、こんな簡単な計画だったのだ。

だが司教様がやらかした。

いつもの朝の礼拝時間よりも早い時間に司教様が現れたのだ。これは計画よりも三十分も早いのだ。

司教様にも協力してもらうために、計画を伝えておいたのだが、人の良い繊細な彼には荷が重すぎた。今日まで緊張で、夜は眠れない日々。しかも、この古き良き聖教会内で、刃傷沙汰が起こるかもしれないと考えただけで倒れそうになっていた。

その緊張からいつもよりも早く目が覚め、時計も見ずにどんどん用意し、祭服を着込んだ。

そして、今に至る。


教会には準備のために大勢の領民がいる。それを既に計画が始まっているのだと錯覚し、ジョージの『まだだ』と言う声も聞こえず、なんと素通りしてしまう。

そして、硬い顔で「皆様、どうぞご着席ください」と促してしまった。

ここで着席しないのも変に思われると、みんなは素直に従ってしまったが、やはり三十分前は早すぎた。しかも緊張のせいもあって、言葉が続かない。

司教様は話し始めて十分後に、自分の到着が早かったことに気付いたが、遅かった。

ならず者から見えないところで、ケントが両手を横に広げて、話を伸ばせと合図する。それを見て冷や汗が垂れる中、汗を拭き拭き司教様が頑張る。

『あーその……人の……道というのは……なな長い。だから……ととと時にはー……止まって後ろを振り向き……見てみよう。え……と、』

もう、しどろもどろ。で、さらに司教様の息がおかしい。

はーはーと辛そうだ。

ついに、極度の緊張のために膝を突いて座り込んでしまった。

「司教様、大丈夫ですか？」

駆け寄る領民を安心させようと、なんとか立ち上がろうとするが、ふらふらだった。

そこに、聖教会の外に馬車の音が聞こえる。この最悪のタイミングで、レティシアが着いてしまったようだ。

「おい、お前らはもういいぜ。小娘がここに入ってきたところを俺たちが斬る。だから、そこで見てな」

面白くもない説法を長く聞かされたならず者たちは、苛立ちを募らせ、しびれを切らしていた。

「頼まれたことをちゃっちゃと終わらせて、居酒屋に行こうぜ」と聖教会の入り口に三人は集まり、剣を構えてしまったのだ。

今、レティシアが入ってきたら、頭から斬られてしまう。

この時誰よりも早く動いたのは、マイクだ。

手に持っていた大きなシャベルを横から撫で斬りで二人のならず者の体を吹っ飛ばした。渾身の一撃だ。

残ったもう一人が、仲間を助けようとマイクに斬りかかった。しかし、その体の側面から体当たりで止めたのはジョージだ。

「伊達に毎日パンを捏ねてないんだよ‼」

筋肉を見せつけるように、『パワー』のポーズを決める。

そして、剣を落としたならず者を、領民がのし掛かり取り押さえた。

そこに、状況を知らないレティシアが入り口から入ると、ちょうどぐるぐる巻きにされたならず者三人の姿があった。

「あれ？　どういうこと？　もしかして私って遅刻しちゃった？」

訳が分からないレティシアが戸惑っている。そこでその場にいたクロエが、司教様がうっかり時間を間違えた辺りから説明をしてくれた。

「そうだったの……。皆さんのお陰で私の命が助かったのね。ありがとう」

レティシアが入り口を振り返る。一歩間違えば、あの扉をくぐったところで、斬り殺されていたと思うとぞーっとして体が震えた。

そこにレティシアの暗殺を計画した叔父のヤニクが、もう終わっただろうと扉を開けて入ってきた。

だが、そこで見たのは和気藹々と領民と談笑するレティシアだ。

「お前たち、レティシアの暗殺はどうした？　なぜ小娘がまだ生きているのだ⁉」

領民の足元に転がされているならず者に目を向け、ようやく何が起きているのかを把握した。

「お前たち‼……まさか裏切ったのか⁉」

ポドワンがヤニクの前に出て唸る。

「はあ？　お前がレティー様の代わりに領主になるだぁ？　笑わせるな。この領地はレティー様のお陰で生まれ変わったんだ。お前のようなゲスに渡すわけがないだろう」

「そうだ、そうだ」

「ここにお前が雇った証拠もいる。領主様を殺そうとした罪で、裁かれろ‼」

圧倒的不利な中、みんなに言われてもなぜかヤニクは引き下がらない。しかも、余裕の顔で笑っている。

「ほおー、そこまで言うならば、その証拠もろともここにいる全ての者に死んでもらおう。おい、頼んだぞ」

ヤニクの後ろから黒い影が伸びた。だが影ではない。一人の男がフラリと現れたのだ。

レティシアはその男を知っていた。というか、小説の挿し絵で見たことがあるのだ。

男は凄腕の暗殺者。

名前はトピアス。

真っ黒なマスクと真っ黒な衣装を身に付け、対照的な真っ白な髪が際立っている。自分の気に入った仕事だけを受ける闇ギルドの一人だ。彼の強さは半端ではない。

第一王子のハリーとその騎士団を打ち負かすほどの強さだ。

訓練された騎士団をも凌駕する腕前である。そんな彼に農民や商人が立ち向かっても、瞬殺されるのがオチだ。

それを知らないマイクたちはレティシアを後ろに隠し、ショベルや鍬を構えている。

「誰が来てもレティー様を守るぞ」

「おおー‼」

「俺たちに生きる希望と楽しさを与えてくれたのはレティー様だ。ここは死んでも通さねぇ」

口々にレティーを守るための壁になる領民たちに、レティシアの胸が熱くなる。

今まで生きてきて、こんなにも人々に大切に思われたことがあったろうか？

前世でも、一人だった。

ここに生まれ変わっても家族とは疎遠で、父にも母にもあっさりと捨てられて……。

もう十分だ。大切な領民が殺されては、自分がここにいた意義を失ってしまう。

レティシアはみんなの前にゆっくりと出る。

「皆さん、ありがとう。でも、この暗殺者トピアスの腕は知っています。このままでは本当に皆殺しになるでしょう。皆さんは生きてください」

そう言うと、トピアスの後ろに隠れているヤニクに声をかける。

「ここにいる領民を殺せば、ここでの働き手がいなくなります。皆さんを見逃してくれるなら、私があなたに殺されたことを絶対に言わないと約束させるので、この方たちに手出しはしないと約束してください。約束してくれたなら、大人しく殺されてあげましょう」

「レティー様‼　そりゃいけねえ」

「ダメだよ。戦おう」

領民の叫びが聞こえるが、レティシアは彼らを背にしたまま、首を横に振る。

「わしは戦う。この領地でわしと一緒に泥まみれになってくれたレティー様を一人では逝かせられない」

「そうだ、一緒にペンキを塗ってくれたじゃないか。一人で戦うな」

こうまで言ってくれる彼らを絶対に守りたい。

だけど、トピアスを前にどうしたらいいのか分からなかった。

唇を噛み締めるレティシアに、トピアスが一歩ゆっくりと近付く。

「俺は契約に、忠実なんだよ。悪いな」

黒いマスクを外し、ゆっくりと剣を構え、薄い唇を引き上げ笑った。

小説のトピアスの顔はマスクで隠れているために、今まで知らなかった。だが、マスクを外した顔は想像以上の顔面高偏差値。しかも美しすぎる顔は冷酷に見えて怖さも倍増。

なぜかレティシアを見る瞳は、珍しい昆虫を見つけた子供のようにワクワクした輝きがあった。

状況が状況だけにサイコパスなの？って思ってしまう。

「契約内容では殺すのは私だけだったのでしょう？　それならば、他の者に手を出すことは契約違反よ」

レティシアは小さい体を威嚇するように胸を張る。

「俺が近付いてそんなに堂々としている者は初めてだ」

（この娘は、暗殺者である自分がいかに強いのかを知っていた。それなのに領民の前に立ち、楯となろうと踏ん張っている。こんなにも面白い出来事は、初めてかもしれない）

トピアスから「ふふふ」と笑いが漏れる。

目の前で笑われたレティシアの呼吸が『ひゅっ』と吸い込んだまま止まる。

暗殺者の笑みの意味が分からず余計に恐ろしい。

（もしかして、本当に嗜虐趣味があって、嬲り殺しとか考えてないわよね？）

小説のトピアスは、第一王子のハリーを刺した時に、ゆっくりと剣を差し込んでいくのを楽しんでいた。

やっぱり怖い‼　レティシアはさすがに怯んで一歩下がる。

しかし、トピアスはさっと踵を返し、剣を鞘に収めた。

それを見たヤニクは怒鳴る。

「な、何をやっているのだ。高い金を支払ったのだぞ‼　その娘をさっさと殺せ‼」

喚くヤニクの喉元に、トピアスは鞘ごと剣を突きつける。

「契約違反をしたのはおまえの方だ。お前は、小娘が領地でやりたい放題で、領地の住民が困っていると言ってただろう？　おまえの認識が間違っていたのか、それとも俺に嘘をついたのか、どっちなんだ？」

ヤニクはトピアスの殺気を逸らすように目を泳がせた。

「まあ、どっちにしても契約違反かどうかを調べる必要すらなさそうだ」

反転したトピアスは、ルコントの領民を見回し、優しい顔になった。

そして、一瞬でその姿をくらませて去っていった。

（え？　とっても優しい空気が暗殺者の体から漏れたんだけど？）

トピアスの脅威がなくなり、レティシアは、全くの無防備になる。

その隙を狙ってヤニクがレティシアの体を拘束し、短剣をレティシアの細い首に突き立てた。

「こっちに来るな‼　こいつがどうなってもいいのか？」

「きゃあー」

領民が呆然となる。

「おい、そこの老いぼれじじい、武器を捨てろ」

マイクが悔しげにシャベルを捨てる。

「わははは、形勢逆転だな。お前ら、よくも俺をこけにしてくれたな。こいつを殺されたくなかったら、そこの三人の縄をほどけ」

ヤニクは顎で転がっているならず者を差す。

「ダメです。その三人の縄をほどいたら、ここにいる真実を知る全員が殺されます。だから……」

「煩い‼」

ヤニクは短剣を首に押し付ける。

悔しげにヤニクを見つめる領民たち。だが、レティシアを人質に取られているので、動けない。

「レティシア‼」

その声とともに現れたのはエルエストだった。

彼は、ヤニクの後ろから前に回りながら、剣を下から振り上げて、レティシアに突きつけられていた剣を空中に飛ばした。

そして、すぐに脇からレティシアを救い出す。

あまりにも一瞬の出来事で、レティシアは何が起こったのか分からなかったが、気が付くとエルエストの腕の中にすっぽりと納まっていた。

そして、それと同時に人質を失ったヤニクは領民にのし掛かられて、床に押さえつけられている。

「くそ‼　俺は貴族だぞ‼」

ヤニクは抗うこともできない状況になったにも拘わらず、未だに身分を振りかざそうとしている。

もちろんマイクやジョージは、その言葉を無視して遠慮なくヤニクの体に縄を巻き付けた。

「何をするのだ。汚い庶民が触るな‼」

「はいはい、お貴族様。あまり動くとちゃんと縛れませんよ」と、ジョージがバカにしながらも、あっという間にチャーシュー作りの時のブロック肉のように綺麗に縄で括った。

「おい、貴族にこんなことをしてただですむと思うなよ」

未だに自分の置かれている状況を把握できていない叔父に、レティシアは優しく教える。まるで幼子に話すように……。

「叔父様。とっても残念なことなのですが……。もう叔父様は自由には生きられないわ。ご存じの通り、私は叔父様に殺されそうになったのです。ほら、その証拠もここに転がっています」

にこやかに、三人のならず者を指差した。

「そんな男たちは知らん。そいつらが勝手にしたのだ」

ヤニクに裏切られたならず者も黙ってはいない。

「お前が俺たちにいい仕事があるって誘ったんだろう？　一人で逃げられると思うなよ」

ならず者の自供で、ヤニクの逃げ道はすぐに断たれた。

「こうなったのも、お前のせいだ。お前がさっさと俺にこの領地を譲っていれば、こんなことにはならなかったのだ‼」

倒された床に激昂（げっこう）しているヤニクの唾が飛ぶ。

そのヤニクの顔面近くにエルエストの剣が、ダンッと刺さる。

「ひいぃー……」

「いい加減にしろワトー男爵‼　お前の悪事は既にバレている。それと、レティシアのせいにしているが、お前の自分勝手な愚行でこうなったのがまだ分からないのか‼　まあいい、牢屋でゆっくり考えろ」

エルエストはヤニクから離れると、すぐにレティシアを振り返る。そして顔を見て長いため息をついた。

「はあー……。良かった……。無事で……」

エルエストが安堵し肩の力を抜いた。そして、レティシアの視界に汚物（ヤニク）を置いておきたくないと、騎士に指示を出す。

「ヤニク・ワトー男爵とそこに転がっている三人を連行しろ。それとヤニク、お前には貴族暗殺未遂と領地での領民への不当な搾取が問われている。しっかりと話してもらうからな」

四人が引っ立てられていく間、エルエストは自分自身とレティシアを安心させるように手を放さず握っていた。

「本当に心配したんだ。君がこの世からいなくなるかもしれないと思ったら、……怖かった……」

やっと安全になったレティシアは、気が抜けて、お礼の言葉を言おうと口を開くも、言葉が見つからない。

「あ……ありがとうございます。本当に……もうダメだと思って……エルエスト殿下が来てくれてなかったら……」

そう思うと、解放された今も生きた心地がしない。

いつもの凛としたレティシアは鳴りを潜めて、気弱な少女がそこにいた。

「もう、大丈夫。そんなに怖いのならしばらく王宮に身を寄せるかい？」

レティシアの様子に今なら『いける‼』とエルエストは思ったが、甘かった。

殺されかけた今、再び殺されるかもしれない王宮に、レティシアは行きたくはない。

ここでいつものレティシアに戻る。

そして、心からの礼を述べた。

「ご心配をお掛けしてすみません。それに、危ないところを助けていただき、本当にありがとうございました」

いつものレティシアに戻ってしまったことを残念に思うが、エルエストはお礼を言うレティシアも可愛くて、デレってしまう。だが、駆け付けたハリーに邪魔される。

「エル、鼻の下を伸ばしてないで、こいつらに自供させ、さらに余罪を追及しないといけないよ」

確かにレティシアにデレている場合じゃないことは分かっている。仕方なく、ここに留まるのを諦めた。

「ワトー男爵にはかなりの余罪があると見ているので、今日はこれで失礼をするよ」

『じゃあ、また』と颯爽と帰っていくエルエストに、レティシアは大きな感謝と、小さな甘酸っぱさを覚えた。

エルエストを見送ったレティシアは、領民たちの傍に行き、

「今回は皆さんが一丸となって私を助けてくれたこと、本当に感謝します。ありがとう」と、深く頭を下げた。

「レティー様、頭をお上げください。俺たちは本当にレティー様がここの領主で良かったと思っているんだ。なあ、お前もそうだろう」

ポドワンが隣にいたホテルのフロントマネージャーのコーリンに言う。

「そうだな。あのオッサンがここの領主になってたら、地獄だったな。本当にレティー様がいてくれて良かったと思っているさ」

コーリンが自然にポドワンと笑い合う。

レティシアがふと気付いた。今この瞬間、ルドウィン町の人も、オルネラ村の人も一緒に手を取り合って笑っている。

「良かった。皆さん、すっかり打ち解けているではないですか」レティシアに言われて、ジョージが恥ずかしそうにポドワンの肩を叩く。

「話してみりゃ、俺の婿は結構いい奴だったって気が付いたんだ。今回のことがあって、孫の顔も見られたし万々歳だ」

「俺もお義父さんに孫に会ってもらえて嬉しいんだ。それに、俺とお義父さんとの板挟みで苦しんでいたマリーも喜んでくれている」

マリーが満足そうに父と夫の会話を聞いていた。

周りを見ると、ガラス職人のグレコがステーキ店の店主ベルナンドとグラスの件で話しているし、マイクとハンバーガーショップのマックスはルッコーラの新しい飲み方を話している。

他にも、それぞれの人たちが仲良く談笑しているのを見て、今回の件で叔父を許せるわけはないけれど、長く頭を悩ませてきた問題が解決して本当に良かったと、レティシアに笑みが溢れた。

エピローグ

ヤニクとならず者を引き連れて、王宮に帰ってきたエルエストは、率先して今回の事件の捜査にあたった。

ヤニクがレティシア・ルコント伯爵を暗殺しようとしたのは、ならず者たちから既に事情聴取を終え、確定している。だが、ヤニクが今回のことを一人で思い付いたとは考えにくい。

なぜなら、魔法師のマットは、現にマルルーナが『邪魔な女は領民が片付けてくれる』と言っていたのを聞いていたし、ヤニクがマルルーナに入れ知恵されて犯行を思い付いたと容易に推測できるからだ。

しかし、マルルーナのその言葉だけでは証拠にならない。なので、ヤニクに誰に唆されたのかを聞いたが、顔が思い出せないと言うのだ。

マルルーナのような目立つピンクの髪色に顔立ちは、そう忘れるものでもない。

本当に別人に言われたのか、マルルーナが認識阻害魔法を使ったのか、それすら分からなかった。

いくら追及しても思い出せないのでは、マルルーナにまで罪を償わせることはできない。教唆罪にするには証拠不十分だった。

エルエストは歯噛みしながら、刑罰対象をヤニクまでとした。

ヤニクの罪は、ルコント伯爵の暗殺未遂。さらに、領地の脱税、領民の給料を搾取した罪。元々、貴族の暗殺を企てただけでも大罪である。未遂に終わったとはいえ、許されるものではなく、一週間後には僻地の収容所にならず者たちと一緒に送られて、半年後処刑が言い渡された。

ワトー男爵家はとり潰されて、その領地は、王家の所領となった。

ここでこの事件は終わらなかった。意外な方向で、ルコント領が話題になる。

一連の騒ぎが落ち着くと、領民が美少女の領主を守った話が美談となり、その話題で持ち切りになった。

こんなにも世の中を騒がせた事件を物書きが放っておくわけがない。しばらくすると、王都でこの事件は物語になった。

『幼くして領主になったレティアという少女が、始めは領民に受け入れてもらえず一人奮闘するが、そのうちに領地経営がうまくいき領民たちと心を通わす。その豊かになった土地を狙ってバトー男爵がレティアの暗殺を企てる。だが、領民が一丸となって美しく成長した領主を守り、バトー男爵とその一味を返り討ちにした』という物語だ。

この物語は脚本化されて、舞台化。主に大衆演劇で多くの場所にて公演され大人気の演目となった。そのためこの物語は、貴族よりも庶民に絶大な人気を博した。

レティシアの名前も「レティア」だったり、ワトー男爵も「バトー男爵」と名前がほとんど隠されていないため、ルコント領の話だとすぐに特定される。

また、以前レティシアがドレスを売りに行って失敗した帰り道、ルコントまで送ってくれた旅役者さんたちも、レティシア人気に一役買っていた。

あちらこちらで芝居をする時に、実際に会ったレティシアが、貴族のお嬢様だというのに、一人歩いて領地に帰ろうとしていたことや、話していても気さくで素敵だったと、劇の始めの余興で語ったお陰で、さらに人気が広がった。

お陰でさらにルコントに来る観光客が増え、その観光ルートにレティシアの屋敷とクライマックスの舞台になった聖教会が加わった。所謂現在に於ける、聖地巡礼的なものだ。

この状況にレティシアは困り、司教様は大喜びと明暗が分かれた。

司教様は、閑散としていた聖教会にたくさんの人が訪れ、礼拝していくことを喜んだ。しかも、訪れる人が老朽化した聖教会のために、惜しむことなく募金に協力してくれる。まさに良いこと尽くめだ。

その反対がルコントの屋敷である。レティシアはいつもの通り仕事に出るが、人々にじろじろ無遠慮に見られるし、まだ結婚をするつもりもないのに、屋敷には釣書が山ほど届いた。

「観光客が増えたのは嬉しいけれど、ここまで追い回されると自由がなくて辛い……」

前世のアイドルのようなことを言っているが、本当に困惑していた。

毎日届く釣書も、『我が領地に嫁に来て、その経営能力を発揮してほしい』やら、『屋敷に見に行ったが、可愛くて一目惚れしました』などなど。息子の嫁にとか、見た目に騙されている人ばかりだ。

(私がボロボロの服を着て、貴族のお嬢様らしからぬ行動を見せたら、一斉にそっぽ向くでしょうに……)

執事のロバートには悪いが、全部せっせと送り返してもらっている。

だが、この状況を好ましく思わない者があと二人いた。

一人はレティシアにヒロインの座を奪われているマルルーナ。そして、もう一人はエルエストだ。

「俺のレティシアの優秀さと可憐さと可愛さが世間にばれてしまった。どうしよう……」

泣きついた先は、頼りになる兄のハリー。仕方ないなと言いつつも、頼ってくる弟の相談に耳を傾けて適切な助言を考えた。

「うーん。じゃあ、この度の事件の経緯を説明するために呼んで、避難の意味で落ち着くまで王宮での滞在を持ちかければ?」

この案に目を輝かすエルエスト。

レティシアを振り向かせることに、未だスタート地点にも至っていない。

だが、この機会になんとかしたいと、妙案を出してくれたハリーに感謝する。

「そうだ、その手があった。今すぐに王子宮に来てもらえるように手はずを整えるよ。兄上、ありがとう」

急ぎ部屋から出ていくエルエストは少々心許無いが、今度こそ頑張れとハリーはエールを送るのだった。


一方こちらは小説の中では、ヒロインのはずだったマルルーナ。

みんなからちやほやされるのは、私だったのにと、現在流行りのレティシアが主人公の本を壁にぶち投げた。

「あいつのせいで、どんどんと物語が変わってくるじゃない。早めに手を打たないとエルエストやマットがあの女の物になってしまうわ」

髪を振り乱し、ギリギリと爪を噛む姿は、ヤバイ女そのものだった。

「大体、あのワトー男爵がレティシアを王子宮の侍女にできなかったことが間違いなのよ。それなのに、また、レティシアも殺せなかったなんて、使えないにもほどがあるわ」

既に僻地送りにされているワトー男爵を思い出し、さらに怒りを募らせた。

次はどうしようか……。

あまり公にしたくない自分の力を、今出さなければ、全ての物がレティシアに奪われる。そう確信したマルルーナは、自分が持っている能力を思う存分に使うことにした。

まず始めに、認識阻害魔法。

それと言質統一魔法。

これは、マルルーナが描いた魔方陣で言った言葉を、相手が丸々信じ込んでしまうものだ。

「よくある『魅了』のスキルなら良かったのに、これは魔方陣に誘い込む必要があるから、面倒なのよね」

だが、そうも言っていられない。

早くしないとどんどん物語は違う展開に動いているのだ。

やはり、なんとしてもレティシアが邪魔だわ。


事件の数日後、レティシアは青空の下で深呼吸をしていた。新鮮な空気を胸一杯吸えていることに感謝していたのだ。

「やっぱりここの空気は美味しい」

その様子を見ながらオルネラ村の子供たちもレティシアを真似て大きく息を吸っている。

「レテさま、くうき、おいしくないよー」

「ふふ、私には美味しく感じるの」

「ふーん」と子供たちは不思議そうに何度も深呼吸する。

そこにマイクとジョージが近寄ってきた。二人は意気投合して長年の友人のように仲がいい。

「レティー様、何をしているんです？」

ジョージが子供の一人を肩車しながら聞いてくる。その子供はずっと会えていなかったジョージの孫である。

「今日も元気にこの景色を見られることに感謝しているんです」

レティシアの言葉に、マイクも感慨深げに景色を見渡した。

「本当にこの景色を見られるとは……こんなにも実りの多い土地に生まれ変わったのは、レティー様のお陰だ」

孫に髪の毛を遊ばれているジョージも続けた。

「それにあの野郎（ヤニク）が領主だったら悲惨なことになっていたな」

ジョージとマイクはあれが領主になっていたらと思うと、ぞっとして身震いする。

皆で麦の穂が揺れるのを眺めていたら、ロバートが手を振りながら叫んでいるのが見えた。

よく聞こえるように皆で耳を澄ませる。

「レティー様、王宮よりお茶会の手紙が届いていますよ」

「私、何かした？　なんで出頭命令が？」

レティシアの言葉に、ロバートが笑いながら訂正した。

「出頭命令じゃないです。招待状です。どうされますか？」

レティシアの返事は決まっている。

「断ってくださーい。その日はルコントの収穫祭ですもの」

レティシアの領地優先は、変わることがなさそうだ。

END

あとがき

この本を手に取って、読んでくださった皆様に心より感謝申し上げます。
前向きに突き進むレティシアを見て、少しでも楽しいと思ってもらえたなら嬉しい限りです。
また、レティシアと領民がふれあう姿に、ほっこりした時間を過ごしていただければ幸いです。

本作は、WEB小説投稿サイトに掲載していた作品で、そちらで応援してくださった方、ありがとうございました。投稿とは違ったキャラクターやストーリーになっていますが、お楽しみいただけるかと思います。

WEB小説の中から、見つけて「書籍化してみませんか?」と声をかけてくださったスターツ出版の担当のS様には、感謝しかありません。連絡いただいた当初など、スマホで投稿していた私に、パソコンのワード作業の仕方を根気強く教えてくれました。その後もストーリーの方向性を考えて、たくさんのアドバイスをしていただき、本当にありがとうございました。

また、誤字脱字の山を築くと自負している私ですが、やはりその数は多かった。その度文字や文の訂正、時にはアドバイスまでくださった編集協力のS様、ありがとうございます。赤ペン先生のように、毎回丁寧に間違いを指摘くださりお手数をお掛けしました。

そして、元気いっぱいのレティシアの姿を描いてくださったあん穏（のん）様。絵心皆無の私の妄想を具現化してくださり、イメージぴったりで可愛いレティシアに、感動しました。素敵なイラストをありがとうございます。

最後に、読む側の時は全く気が付かなかったのですが、書店で並べられている本一冊一冊は、多くの人に支えられてできているのだなと痛感しました。

この本に携わってくださった多くの皆様に感謝します。

衣（ころも） 裕生（ゆう）

転生少女は貧乏領地で当主になります！
～のんびりライフを目指して領地改革していたら、
愛され領主になりました～

2024年5月5日　初版第1刷発行

著　者　衣 裕生

発行人　菊地修一

発行所　スターツ出版株式会社

〒104-0031　東京都中央区京橋1-3-1　八重洲口大栄ビル7F
TEL　03-6202-0386（出版マーケティンググループ）
TEL　050-5538-5679（書店様向けご注文専用ダイヤル）
URL　https://starts-pub.jp/

印刷所　大日本印刷株式会社

ISBN　978-4-8137-9330-4　C0093　Printed in Japan

［衣 裕生先生へのファンレター宛先］
〒104-0031　東京都中央区京橋1-3-1　八重洲口大栄ビル7F
スターツ出版（株）　書籍編集部気付　衣 裕生先生